हिन्द पॉकेट बुक्स

उर्दू के लोकप्रिय शायर

बहादुरशाह ज़फ़र

प्रकाश पंडित को विश्व के प्रख्यात संपादकों में गौरवशाली स्थान प्राप्त है। उन्होंने 1960 के दशक में पहली बार नागरी लिपि में उर्दू की चुनी हुई शायरी के संकलन प्रकाशित कर हिन्दी पाठकों को उर्दू शायरी का लुत्फ़ उठाने का अवसर प्रदान किया। हिन्दी एवं उर्दू के सुप्रसिद्ध संपादक प्रकाश पंडित ने शायरी की हरेक पुस्तक में शायर के संपूर्ण लेखन में से बेहतरीन शायरी का चयन किया है और पाठकों की सुविधा के लिए कठिन शब्दों के अर्थ भी दिए हैं। प्रकाश पंडित ने हर शायर के जीवन और लेखन पर - जिनमें से कुछ समकालीन शायर उनके परिचित भी थे - रोचक और चुटीली भूमिकाएं लिखी हैं।

اردو کے مقبول ترین شاعر

بہادر شاہ ظفرؔ

آخری مغل تاجدار بہادر شاہ ظفرؔ کا کلام، ان کی زندگی کی طرح رنج و غم سے لبریز ہے۔ ذہنی اذیتوں اور حسرت و یاس کا رنگ و آہنگ ظفرؔ کی شاعری میں نمایاں ہے۔

ادارہ ہند پاکٹ بکس کو اس انتخاب کی پیشکش پر فخر ہے۔ جسے نامور دانشور آنجہانی پرکاش پنڈت نے مرتب کیا تھا۔ بہادر شاہ ظفرؔ کے ضخیم کلیات سے منتخب تخلیقات کا یہ حسین و جمیل مرقع قارئین کے لئے ایک قیمتی تحفہ ہے۔

उर्दू के लोकप्रिय शायर

बहादुरशाह ज़फ़र

بہادر شاہ ظفر

(हिन्दी और उर्दू में साथ-साथ)

सम्पादक

प्रकाश पंडित

हिन्द पॉकेट बुक्स

पेंगुइन रैंडम हाउस इम्प्रिंट

हिन्द पॉकेट बुक्स

यूएसए | कनाडा | यूके | आयरलैंड | ऑस्ट्रेलिया | सिंगापुर
न्यू ज़ीलैंड | भारत | दक्षिण अफ्रीका | चीन

हिन्द पॉकेट बुक्स, पेंगुइन रैंडम हाउस ग्रुप ऑफ़ कम्पनीज़ का हिस्सा है,
जिसका पता global.penguinrandomhouse.com पर मिलेगा

पेंगुइन रैंडम हाउस इंडिया प्रा. लि.,
चौथी मंजिल, कैपिटल टावर -1, एम जी रोड,
गुड़गांव 122 002, हरियाणा, भारत

पेंगुइन
रैंडम हाउस
इंडिया

प्रथम हिन्दी संस्करण हिन्द पॉकेट बुक्स द्वारा 2010 में प्रकाशित
यह हिन्दी संस्करण हिन्द पॉकेट बुक्स में पेंगुइन रैंडम हाउस द्वारा 2023 में प्रकाशित

10 9 8 7 6 5 4 3 2

इस पुस्तक में व्यक्त विचार लेखक के अपने हैं, जिनका यथासंभव तथ्यात्मक सत्यापन किया गया है, और इस संबंध में प्रकाशक एवं सहयोगी प्रकाशक किसी भी रूप में उत्तरदायी नहीं हैं।

ISBN 9789353494926

मुद्रकः रेप्रो इंडिया लिमिटेड

www.penguin.co.in

MIX
Paper from responsible sources
FSC® C047271

This is a legitimate digitally printed version of the book and therefore might not have certain extra finishing on the cover.

बहादुरशाह
ज़फ़र

की शायरी ज़फ़र के नाम

क्रम

परिचय	14
संकलन	28
कुछ शाब्दिक संकेत	30
ग़ज़लें	30
लगता नहीं है जी...	30
न किसी की आंख का नूर हूं...	32
गई यक-ब-यक जो हवा पलट...	34
पसे-मर्ग मेरे मज़ार पर...	38
कभी बन-संवर के जो आ गए...	40
भर गया दिल मिरा...	42
हुई जिए सबब हमसे तुमसे...	44
ज़ाहिर हैं क्या ज़हूर के...	46
आ जाती है जिस वक़्त...	48
नहीं इश्क़ जो उसका...	50
तेरे रुख़ के ख्याल...	52
बहार आई है, भर दे बादा-ए-गुलगूं से...	54
या मुझे अफ़सरे-सहाना बनाया होता	56
हम मानते हैं कब किसी ग़मख़्वार की...	58
ख़ाक उड़े ये दस्त...	60
मेरा तो हाल होना आपकी...	62
यार था, गुलज़ार था...	64
ग़मे-दिल किससे कहूं...	66
जो अर्श से है फ़र्श तलक...	68
सिखाई तुमको जो हैंगी तलक...	72
कब हुजूम-ग़म से मेरी जान...	74
नहीं है दर्द मुझे और कुछ...	76
खुदरफ़्तगां को रोके कोई क्या...	78

فہرست

پیش لفظ

غزلیں

لگتا نہیں ہے جی مرا اجڑے دیار میں 31

نہ کسی کی آنکھ کا نور ہوں 33

گئی یک بہ یک جو ہوا پلٹ 35

پس مرگ میرے مزار پر جو دیا کسی نے جلا دیا 39

کبھی بن سنور کے جو آ گئے تو بہارِ حسن دکھا گئے 41

بھر آیا دل مرا سو بار پر نہ رویا میں 43

ہوئی جس سبب ہم سے تم سے جدائی 45

ظاہر ہیں کیا ظہور کے مظہر نئے نئے 47

آ جاتی ہے جس وقت تری دھیان میں صورت 49

نہیں عشق جو اسکا تو رنج ہمیں 51

بہار آئی ہے بھر دے بادۂ گلگوں سے پیمانہ 55

یا مجھے افسرِ شاہانہ بنایا ہوتا 57

ہم مانتے ہیں کب کسی غمخوار کی صلاح 59

خاک اڑے یہ دشت کی مجنوں جو تیرا کھائے چرخ 61

مرا تو حال ہونا آپ کی فرقت میں یوں ہی تھا 63

یار تھا، گلزار تھا، مے تھی، فضا تھی، میں نہ تھا 65

غمِ دل کس سے کہوں کوئی بھی غمخوار نہیں 67

جو عرش سے ہے فرش تلک آدمی میں ہے 69

سکھائی تجھ کو جو ہینگی باتیں 73

کب ہجومِ غم سے میری جان گھبراتی نہیں 75

نہیں ہے درد مجھے اور کچھ سوائے فراق 77

خود رفتگاں کو روکے کوئی کیا کسی طرح 79

यही एक ग़म है यही इक अलम है...	80
हमदमो इश्क़ की न पूछो शर्त...	82
बराबर अपना है हर एक यार से...	84
क़द्र ऐ इश्क़ रहेगी तेरी क्या...	86
न दाइम गुम है नै इश्रत...	88
हम नए ही आज ऐ सैयाद...	90
क्या खिजां आई चमन में...	92
निबाह बात का उस हीलागर से...	94
हमेशा है वस्ल-ओ-जुदाई...	96
ग़मो-हसरत के जल्से में...	98
नसीब ऐसा तो सोज़े-ज़िगर...	100
हाल नहीं कुछ खुलता मेरा...	102
नै है बुत खाने में नै का'बे में...	104
गर्चे-ग़र्क़े-अश्क-तर है...	106
लिखके भेजें उनको हम क्या...	108
हमने दुनिया में आके क्या देखा...	110
दिन और है रात और ज़मीं और...	112
सुबह रो-रोके शाम होती है...	114
मिलाए ख़ाक में गर वो...	116
सूफ़ियों में हूं न रिन्दों में...	118
जो तेरी यादे-जल्वा-ए-क़ामत में...	120
इस जहां में आके हम क्या कर चले...	122
बला से गर नहीं है साया-ए-बाले-हुमा...	124
गर्चे बेताक़त हूं मैं पर दिल में...	126
हुए वाक़िफ़ न जा दुनिया के ग़म से...	128
भली करते बुराई होती है...	130
हम रहें साक़ी रहे...	132
आपका यार मेरी तरह कोई...	134
वस्ले जानां में जो थे इशरत के...	136
शाखे-संबुल क्यों परीशां-हाल...	138
थक के हम राहे-मोहब्बत में...	140
बुतों ने न की आशनाई की बातें...	142

یہی ایک غم ہے یہی ایک الم ہے 81
ہمدمو عشق کی نہ پوچھو شرط 83
برابر اپنا ہے ہر ایک یار سے اخلاص 85
قدر اے عشق رہے گی تری کیا میرے بعد 87
نہ دائم غم ہے نے عشرت کبھی یوں ہے کبھی ووں ہے 89
ہم نئے ہی آج اے صیاد کیا پکڑے گئے 91
کیا خزاں آئی چمن میں ہر شجر جاتا رہا 93
نباہ بات کر اس حیلہ گر سے کچھ نہ ہوا 95
ہمیشہ ہے وصل و جدائی کا دھندا 97
غمِ حسرت کے جلسے میں دل اپنا میں جلاتا ہوں 99
نصیب ایسا تو سوزِ جگر کسی کو نہ ہو 101
حال نہیں کچھ نہیں کھلتا میرا کون ہوں، کیا ہوں، کیسا ہوں 103
نے ہے بت خانے میں نہ کعبہ میں ہے جو دل میں ہے 105
گرچہ غرق اشک تر ہے گریہ کو شدت میں شمع 107
لکھ کے بھیجیں ان کو ہم کیا خاک خط 109
ہم نے دنیا میں آ کے کیا دیکھا 111
دن اور ہے رات اور رزمیں اور زماں اور 113
صبح رو رو کے شام ہوتی ہے 115
ملائے خاک میں گروہ ستم شعار مجھے 117
صوفیوں میں ہوں نہ رندوں میں نہ مے خواروں میں ہوں 119
جو تیری یادِ جلوۂ قامت میں سو گئے 121
اس جہاں میں آ کے ہم کیا کر چلے 123
بلا سے گر نہیں ہے سایۂ بالِ ہما سر پر 125
گرچہ بے طاقت ہوں میں پر دل میں طاقت اور ہے 127
ہوئے واقف نہ جو دنیا کے غم سے وہ ہی اچھے ہیں 129
بھلا کرتے برائی ہوتی ہے 131
ہم رہے ساقی رہے اور دورِ پیمانہ رہے 133
آپ کا یار مری طرح کوئی ہو تو سکے 135
وصلِ جاناں میں جو تھے عشرت کے وہ دن ٹل گئے 137
شاخِ سنبل کیوں پریشاں حال ہم سی ہو گئی 139
تھک کے ہم راہِ محبت میں جہاں بیٹھے ہیں 141
بتوں نے نہ کیں آشنائی کی باتیں 143

करना फ़िक्र-ओ-तरद्दुद नाहक़... 144
ऐश से गुजरी कि ग़म के साथ... 146
दिल देके हुआ उसको... 148
करूं क्या, याद जुल्फ़े-दिलबरे-जानी... 150
तिरे दर पर जो आशिक़ को... 152
उस निगाहे-मस्त के मस्तों की... 154
अदम में भी मुसीबत कुछ न पूछो... 156
शुक्रे-अल्लाह हमसे ये क़ाफ़िर... 158
दिल मिरा उल्झा हुआ है... 160
कीजै न दस में बैठ के... 162
सीने में इक धुआं कई बार... 164
न दरवेशों को ख़िर्का चाहिए... 166
सोज़िशे-इश्क़ की है यूं... 168
भूले से भी जिधर वो क़दम... 170
मैं हूं आवारा बरंगे-बू-ए-गुल... 172
भूला न तुझे ये कभी... 174
दिल ही से पूछो इश्क़ में जो... 176
नज़र फिर आज शक़्ले-नामाबर... 178
किसी से सीखकर करता है... 180
इश्क में ज़ालिम तिरे क्या खाक... 182
किसे-नाआशना और आशना... 184
जलाया आप हमने ज़ब्त करके... 186
ऐ असीराने-खाना-ए-जंजीरे... 188
बीच में पर्दा दुई का था जो... 190
मेरी आंख बंद थी जग तलक... 192
तीर तेरा जिसके सीने से गुज़रकर... 194
जब खिलखिला के साक़ी-ए-गुलफ़ाम... 196
मेरी जानिब से ग़ैरों ने लगाया... 198
जुल्फ़ के साए तले वो रुख अगर... 200
शम्ए-महफ़िल ने कहा रो-रो के... 202
अक़्ल पे नाज़ है कुदरत पे नज़र... 204

کرنا فکر تردّد ناحق جان کو اپنے کھونا ہے	145
عیش سے گزری کہ غم کے ساتھ اچھی نبھ گئی	147
دل دے کے ہوا اس کو گنہگار تو میں ہوں	149
کروں کیا یادِ زلفِ دلبرِ جانی نہیں جاتی	151
ترے در پر جو عاشق کو محبت لے کے آئی ہے	153
اس نگاہِ مست کے مستوں کی مستی اور ہے	155
عدم میں بھی مصیبت کچھ نہ پوچھو ہائے ایسی ہے	157
شکرِ اللہ ہم سے یہ کافر صنم اچھے رہے	159
دل میرا الجھا ہوا ہے یار کے بالوں کے بیچ	161
کیجیے نہ دس میں بیٹھ کے آپس کی بات چیت	163
سینے میں اک دھواں کئی بار اٹھ کے رہ گیا	165
نہ درویشوں کا خرقہ چاہیے نہ تاجِ شاہانہ	167
سوزشِ عشق کی ہے یوں دلِ بے تاب سے لاگ	169
بھولے سے بھی جدھر وہ قدم پاؤں پڑ گیا	171
میں ہوں آوارہ برنگ و بوئے گل	173
بھولا نہ تجھے یہ کبھی اس یاد کو شاباش	175
دل ہی سے پوچھو عشق میں جو دل پہ بن گئی	177
نظر پھر آج شکلِ نامہ بر دو دن کے بعد آئی	179
کسی سے سیکھ کر کرتا ہے باتیں ہم سے تُو ایسی	181
عشق میں ظالم ترے کیا خاک ہم اچھے رہے	183
کے نا آشنا اور آشنا ہم کس کو کہہ بیٹھیں	185
جلایا آپ ہم نے ضبط کر کے آہِ سوزاں کو	187
اے اسیرانِ خانۂ زنجیر	189
بیچ میں پردہ دوئی کا تھا جو حائل اٹھ گیا	191
مری آنکھ بند تھی جب تلک وہ نظر میں نورِ جمال تھا	193
تیر تیرا جس کے سینے سے گزر کر جائے گا	195
جب کھلکھلا کے ساقیِ گلفام ہنس پڑا	197
میری جانب سے غیروں نے لگایا کچھ نہ کچھ ہوگا	199
زلف کے سائے تلے وہ رخ اگر چھپ جائیگا	201
شمعِ محفل نے کہا روروشب گل گیر سے	203
عقل پہ ناز ہے قدرت پہ نظر کس کو ہے	205
نہیں جاتا کسی سے وہ مرض جو ہے نصیبوں کا	207

नहीं जाता किसी से वो मरज़ जो... 206
जहां पहले थे अब यो मकां... 208
हमदमों का पूछना हर दम मिरा... 210
न उसका भेद यारी से न ऐयारी से... 212
कर गई वीरां चमन बादे-सबा... 214
रस्मे-उल्फ़त न अद्ए-दिलो-दीं... 216
वो तीर और है जिस तीर का... 218
बहकाने वाले आपके सब यार... 220
न खिरद, न होश, न तद्बीर पर... 222
गर्द हूं या गुबार हूं... 224
जुज़ बादा हमें बादा-परस्ती में... 226
गालियां दे चुके अब नाला-ओ-ज़ारी... 228
जो देखु बज़्म में उस शोख जंगजू की... 230
है दाग़े दिल जो आशिक़े-रंजूर का... 232
मिलाता खाक में है सबको... 234
देख, दिल को मिरे ओ... 236
मैं क्या कहूं उस बुत की जुदाई का... 238
बशर को क्यों न हो दरपेश... 240
पिए अगर जो तू आबे-शराब का... 242
इन्सां की ज़िन्दगी तो है... 244
वो बेहिजाब जो कल पीके या शराब... 246
करता पैदा आलम-आरा... 248
42 ग़ज़लों के तीन-तीन शे'र 250
ग़ज़लें भाखा 292
जिन गलियन में पहले देखीं लोगन की... 292
कौन नगर में आए हैं... 292
प्रेम अगन नित मोहे जरावे... 294
होली 296
क्यों मो पर रंग की... 296
मुखम्मस 298
फ़लक के हाथ से क्या-क्या मिरा... 298
कुछ शे'र 300

جہاں پہلے تھے ہم اب وہ مکاں پایا نہیں جاتا	209
ہمدمو کا پوچھنا ہر دم مرا دم کھا گیا	211
نہ اس کا بھید یاری سے نہ عیاری سے ہاتھ آیا	213
کر گئی ویراں چمن بادِ صبا گل جھاڑ کے	215
رسمِ الفت نہ عدوئے دل و دیں سے پوچھو	217
وہ تیر اور ہے جس تیر کا ذگار ہوں میں	219
بہکانے والے آپ کے سب یار بن گئے	221
نہ خرد نہ ہوش نہ تدبیر پر شاکر ہیں ہم	223
گرد ہوں یا غبار ہوں کیا ہوں	225
جز بادہ ہمیں بادہ پرستی میں نہ سوجھا	227
گالیاں دے چکے اب نالہ وزاری تو سنو	229
جو دیکھوں بزم میں اس شوخ جنگجو کی طرف	231
ہے داغِ دل جو عاشقِ رنجور کا چراغ	233
ملاتا خاک میں ہے سب کو مثلِ نقشِ قدم	235
دیکھ دل کو میرے او کافرِ بے پیر نہ توڑ	237
میں کیا کہوں اس بت کی جدائی کا غم و رنج	239
بشر کو کیوں نہ ہو در پیش یاں نشیب وفراز	241
پئے اگر جو تو آبِ شراب کا ساغر	243
انساں کی زندگی تو ہے یک دو نفس تلک	245
وہ بے حجاب جو کل پی کے یاں شراب آیا	247
کرتا پیدا عالم آرا عالم میں سے عالم ہے	249
42 غزلوں کے تین تین شعر	251
غزل بھاشا	293
جن گلین میں پہلے دیکھیں لوگن کی رنگ رلیاں تھیں	293
کون نگر میں آئے ہیں ہم کون نگر کے باسی ہیں	293
پریم اگن نت موہے جراوے یا کا بھید کہوں کا سے	295
ہولی	297
کیوں مو پر رنگ کی ماری پچکاری	297
مخمس	299
فلک کے ہاتھ سے کیا کیا مرا دل رنج سہتا ہے	299
کچھ شعر	301

परिचय

न किसी की आंख का नूर हूं, न किसी के दिल का क़रार हूं
जो किसी के काम न आ सका, मैं वो एक मुश्ते-गुबार[1] हूं

ऐसा हसरत-भरा बल्कि खून के आंसू रुलाने वाला शे'र कोई बादशाह ही कह सकता है। बादशाहों की बातें जानने वाले लोग कहेंगे कि नहीं—हामी केवल वे लोग भर सकते हैं जो हिन्दुस्तान के अन्तिम मुग़ल बादशाह बहादुरशाह 'जफ़र' की जीवनी के जानकार हों; क्योंकि बहादुरशाह 'ज़फ़र' न केवल नाममात्र के बादशाह थे, बल्कि इतिहासकारों के कथनानुसार उनकी हैसियत शतरंज के बादशाह से भी गई-गुजरी थी और यदि वे बादशाह ही थे तो संसार के सबसे दुःखी बादशाह थे।

दुःख भाग्य की तरह बहादुरशाह के हिस्से में आया था; बल्कि उसकी शुरुआत तो औरंगज़ेब की मृत्यु के साथ ही शुरू हो गई थी। औरंगज़ेब ने तो जैसे-तैसे ज़ोर-जबर से मुग़लिया सल्तनत को संभाले रखा; लेकिन इधर उसकी आंखें बन्द हुईं, उधर सल्तनत के बखिये उधड़ने लगे। सल्तनत के उत्तराधिकारियों में खींचातानियां हुईं। चारों ओर विद्रोह भड़क उठे। सिक्खों, जाटों और मरहटों ने सल्तनत के कई भागों पर अधिकार जमा लिया और फिर नादिरशाह और अहमद शाह अब्दाली के ताबड़तोड़ हमलों और लूट-मार ने रही-सही कसर

1. मुट्ठी-भर धूल

पूरी कर दी और बहादुर शाह 'जफ़र' के दादा शाहआलम (द्वितीय) के काल तक आते-आते नौबत यहां तक पहुंच गई कि 1789 में जब शाहआलम की माता लालकुंवर का देहान्त हुआ तो उनका यथोचित मक़बरा तक बनाने के लिए ख़ज़ाने में पैसा न था। ऐसी ही 'शाहाना' परिस्थितियों में 24 अक्तूबर, 1775 ई० के दिन शाहआलम के दूसरे बेटे अकबर शाह (द्वितीय) की एक हिंदू बेगम लालबाई ने बहादुर शाह 'ज़फ़र' को जन्म दिया।

जो भी था, जन्म तो शाही खानदान में हुआ था और वह भी दिल्ली के ऐतिहासिक लालकिले में; इसलिए उनके लालन-पालन और शिक्षा-दीक्षा का प्रबन्ध भी शाहज़ादों जैसा हुआ। लालकिले की उर्दूए-मोअ़ल्ला (टकसाली उर्दू) तो ख़ैर विरासत में ही मिली थी, वे बहुत जल्द फ़ारसी, अरबी आदि भाषाओं तथा अन्य कलाओं में भी सिद्धहस्त हो गए। लेकिन भाग्यरूपी दुःख भाषाएं सीखने और घुड़सवारी तथा तीर-अन्दाजी में निपुण हो जाने से दूर नहीं हो जाता। 'ज़फ़र' के पिता अकबर शाह (द्वितीय) 'ज़फ़र' से हमेशा अप्रसन्न रहे और उनकी भरी जवानी में भी उन्हें 500 रुपये मासिक से कभी एक पैसा अधिक न दिया। पैसे ही की बात नहीं, पिता ने 'ज़फर' के जन्मसिद्ध अधिकार—बादशाहत के उत्तराधिकार—को भी स्वीकार नहीं किया और अपनी चहेती बेगम नवाब मुमताज महल के बेटे मिर्ज़ा जहांगीर को उत्तराधिकारी घोषित कर दिया, और जब इस धांधली के सम्बन्ध में अंग्रेज़ों ने (जो उस समय तक तरह-तरह के हथकंडों से बादशाह की सारी सत्ता हथिया चुके थे) हस्तक्षेप किया और बादशाह को ऐसा अन्याय न करने की सलाह दी, तो अकबर शाह (द्वितीय) ने यहां तक कह दिया कि 'ज़फ़र' मेरा बेटा ही नहीं है।

बाहदुर शाह 'ज़फ़र' बहुत ही भद्र और सहनशील प्राणी थे, अन्यथा कोई मुग़ल शाहज़ादा अपने पिता के ऐसे असह्य व्यवहार एवं घृणित वक्तृत्व को सहन न कर पाता। मुग़ल शाहजादे तो मुग़लिया तख्त के लिए अपने पिताओं

को जेलख़ानों में और अपने भाइयों को जहन्नुम में भेजने के आदी थे, लेकिन बहादुरशाह ज़फ़र ने उफ़ तक न की और बड़ी सहनशीलता से मिर्जा जहांगीर को अपना अधिकार सौंप दिया।

मिर्जा जहांगीर बहादुर शाह 'ज़फ़र' के विपरीत अत्यन्त मुंह- जोर और सीनाज़ोर था। उत्तराधिकार मिला तो जैसे सोने पर सुहागा हो गया। शराबनोशी और भोग-विलास की कोई सीमा न रही और आंहजरत अपनी इन करतूतों के कारण कई बार अंग्रेज़ों के हाथों गिरफ़्तार और नज़रबन्द हुए और फिर एक दिन तो कमाल ही हो गया जब आंहज़रत ने अपनी सीनाज़ोरी के प्रदर्शन में अंग्रेज़ रेजिडेंट अस्टीडन पर गोली चला दी। गोली तो खता गई, लेकिन आंहज़रत को गोली चलाने के अपराध में गिरफ़्तार करके इलाहाबाद रवाना कर दिया गया जहां 1821 में शराब ही के आधिक्य ने आंहजरत की सीनाज़ोरी के साथ-साथ मुहंज़ोरी भी समाप्त कर दी।

यों उत्तराधिकार का टंटा तो समाप्त हो गया और बेटे को बेटा न मानने वाले पिता की मौजूदगी में अंग्रेजों ने बहादुरशाह 'ज़फ़र' को उत्तराधिकारी भी घोषित कर दिया ; लेकिन विचारने की बात तो यह है कि उत्तराधिकारी किस चीज़ का ? अंग्रेज़ों ने तो उनके पिता अकबर शाह (द्वितीय) को ही स्पष्ट शब्दों में कह दिया था कि "आपकी बाहशादी सिर्फ़ नाम की है और महज़ अखलाकन बादशाह के ख़िताब से याद किए जाते हैं"—और पिता की मृत्यु के बाद 62 वर्ष की आयु (1837) में जब बहादुरशाह 'ज़फ़र' बादशाह कहलाए तो वहीं अंग्रेज जो पहले बादशाह के नाम पत्न लिखते समय उन्हें 'Your Majesty' और नीचे 'Yours Majesty's Faithful Servant' लिखा करते थे, अब बादशाह के नाम के साथ केवल 'Dear' लिखने लगे। और क्यों न लिखते, जबकि बादशाह के साथ-साथ पूरी बादशाहत उनके शिकंजे में आ चुकी थी और यदि वे बादशाह के आंसू पोंछने के लिए उन्हें कुछ रुपया पेन्शन के रूप में न देते तो बादशाह और

भिखारी में कोई अंतर न रह जाता।

इन्हीं दुःखद परिस्थितियों में 1857 ई० का ज़माना आता है। जब अंग्रेज़ों को हिन्दुस्तान से निकाल बाहर करने के लिए पहले मेरठ में और फिर पूरे हिन्दुस्तान में विद्रोह की ज्वाला भड़क उठी, और सभी विद्रोहियों या स्वतंत्रता-सेनानियों की नज़रें लालकिले के राज्यासन पर बैठने वाले बूढ़े और शक्तिहीन बादशाह की ओर उठ गईं। बादशाह को अपनी शक्तिहीनता का पूरा-पूरा एहसास था, अतएव जब मेरठ के वीर सेनानी दिल्ली आ पहुंचे और उन्होंने बादशाह को अपना नेता बनने और अंग्रेज़ों के विरुद्ध लड़ने को कहा तो बादशाह ने अपनी विवशता प्रकट करते हुए उत्तर दिया : "मुझे बादशाह कौन कहता है ! मैं तो एक फ़कीर हूं जो किसी तरह अपने कुनबे के साथ जी रहा हूं। मैं तुम्हारी क्या मदद कर सकता हूं—न ताक़त है न दबदबा।" लेकिन उसी शक्तिहीन, मजबूर और बेबस बादशाह को जब स्वतंत्रता-सेनानियों की शक्ति और अपनी अकर्मण्यता का एहसास हुआ और जब बादशाह के दो बेटे मिर्जा मुगल और मिर्ज़ा ख़िज्र सुल्तान खुल्लमखुल्ला स्वतंत्रता-सेनानियों के समर्थक बल्कि साथी बन गए और हिन्दुस्तान की मलिका ने बादशाह से कहा : "यह ग़ज़लें कह कहकर दिल बहलाने का वक़्त नहीं है। बिठूर के नाना का पैग़ाम लेकर बड़े सवेरे से पयामबर आया हुआ है और सारे हिन्दुस्तान की आंखें दिल्ली के बादशाह पर लगी हैं—जहांपनाह !" तो अपनी पनाह की खैर मनाने वाले जहांपनाह की बूढ़ी रगों में खून दौड़ गया और उनके मुंह से यह ललकार निकली : "मुग़लिया ख़ानदान का खून ग़ुलामी की मौत मरना नहीं जानता, बेगम। इन फिरंगियों को या तो मुगल शहनशाह के क़दमों पर पड़कर पनाह मांगनी होगी या जंग-आज़ादी में हम जान क़ुर्बान कर देंगे।'

इधर या उधर की यह चुनौती अन्ततः क्या रंग लाई, प्रत्येक भारतवासी इसके दुःखद परिणाम से पूर्णतया परिचित है। बादशाह ने, जो कुछ भी उनके

पास था, दांव पर लगा दिया कि शायद मुगलिया सल्तनत के टिमटिमाते चिराग़ की लौ बढ़ जाए; शायद फिरंगी अपने देश को या जहन्नुम को सिधारें और हिन्दुस्तान में फिर वही हुकूमत क़ाइम हो जाए जो कभी अकबर ने की थी, जो कभी जहांगीर और शाहजहां ने की थी। लेकिन अफ़सोस, अंग्रेज़ों ने अपनी बहुरंगी कूटनीति से काम लेते हुए सिक्खों और गोरखों की सहायता प्राप्त कर ली, और न केवल हाथ से निकली हुई दिल्ली पर पुनः अधिकार कर लिया, बल्कि बादशाह को लालकिला छोड़कर हुमायूं के मक़बरे में पनाह लेनी पड़ी। सब कुछ तहस-नहस हो जाने का यह दुःख ही कम जानलेवा न था कि बादशाह के एक विश्वासपात्र बजीर इलाहीबख्श ने ऐसा भंयकर विश्वासघात किया जो अपना उदाहरण आप था। इलाहीबख्श ने न केवल बादशाह को स्वतंत्रता-सेनानियों की यह राय मानने से रोका कि बादशाह दिल्ली छोड़कर उन लोगों के साथ किसी अन्य सुरक्षित स्थान पर चले जाएं और वहां से पूरे भारत के स्वतंत्रता-सेनानियों का नेतृत्व करें, बल्कि बड़ी मक्कारी से काम लेते हुए, उस धूर्त ने बादशाह और उनके दो बेटों—मिर्ज़ा मुग़ल और मिर्जा ख़िज्र को—फिरंगियों के हवाले कर दिया और फिरंगियों ने न केवल बादशाह के उन दोनों बेटों के सर काट-कर और थाली में परोसकर बादशाह को भेजे, बल्कि बादशाह पर अत्यन्त अपमानजनक मुक़दमा चलाकर उन्हें देश-निर्वासन और नज़रबन्दी की सज़ा दे दी। और उसी देश-निर्वासन और नज़रबन्दी के दुःख भोगते हुए हिन्दुस्तान के इस अन्तिम मुग़ल बादशाह बहादुरशाह 'ज़फ़र' ने 1862 में समस्त सांसारिक दुःखों से मुक्ति प्राप्त कर ली।

इस प्रसंग में एक अंग्रेज इतिहासकार ग्रिफिथ यों लिखता है।

"उस बूढ़े बादशाह पर शीघ्र ही शाही महल में मुक़दमा शुरू कर दिया गया। उसे आजीवन काले पानी की सज़ा हुई। उसे अण्डेमान आइलैण्ड तक ले जाया जा सके, इससे पूर्व ही ब्रिटिश बर्मा—रंगून में उसकी मृत्यु हो गई। दिल्ली के इस

बादशाह ने अपने बुज़ुर्गों के वतन से बहुत दूर एक मामूली इन्सान की तरह अपने अन्तिम दिन पूरे किए, जहां न तो उसके लिए रोने वाला कोई था और न ही किसी प्रकार का सम्मान प्रकट करने वाला।"

और शायद अपनी इसी स्थिति को नज़र में रखते हुए स्वयं 'ज़फ़र' ने बहुत पहले कह दिया था :

लगता नहीं है जी मिरा उजड़े दियार[1] में
किसकी बनी है आलमे-नापाएदार[2] में
कह दो इन हसरतों से कहीं और जा बसें
इतनी जगह कहां है दिले-दाग़दार में
है कितना बदनसीब 'ज़फ़र' दफ़्न के लिए
दो गज़ ज़मीं भी मिल न सकी कू-ए-यार[3] में

'ज़फ़र' की शायरी

'ज़फ़र' की पूरी शायरी जिसमें लगभग सैंतीस हज़ार अशआर हैं, केवल इसीलिए उल्लेखनीय है कि वह एक बादशाह की शायरी है, अन्यथा जहां तक काव्यात्मक महानता का प्रश्न है, 'ज़फ़र' अपनी बहुत कम ग़ज़लों में उस. शिखर को छू पाए हैं। इस सिलसिले में भी आदि दुर्भाग्य ने उनका साथ दिया और शुरू-शुरू में जब उन्हें शे'र कहने का चस्का लगा तो उन्हें शाह 'नसीर' ऐसे बेतुके उस्ताद नसीब हुए जो मुश्किल से मुश्किल ज़मीनों और ऊबड़-खाबड़ क़ाफ़ियों और रदीफ़ों में ग़ज़ल कहने को ही शायरी की पराकाष्ठा मानते थे। 'ज़फ़र' की शायरी के सिलसिलेवार अध्ययन से मालूम होता है कि उनकी तबीयत में काफ़ी रंगीनी और जौलानी थी, और अगर उन्हें कोई ढब का उस्ताद मिलात होता तो आज उनकी गणना भी ग़ालिब, मोमिन, जुरअत

1. देश 2. नश्वर संसार 3. प्रेयसी (देश) की गली

और इन्शा की पंक्तियों में होती। लेकिन बुढ़ापे में उस्ताद 'ज़ौक़' मिले तो वो भी शाहनसीर ही के शिष्य निकले। यों भी उस आयु में 'ज़फ़र' से किसी असाधारण परिवर्तन की आशा नहीं की जा सकती थी ; क्योंकि उनकी अन्तरंग और बाह्य परिस्थितियों में, जो अनिवार्य रूप से स्वभावों पर प्रभाव डालती हैं, कोई परिवर्तन नहीं आया था। वही लालकिला था और वही अकर्मण्यता। वही बेगमात और बांदियों की हड़बौंग थी और वही महफ़िलों और मुशायरों की एकरूपता। 'मोमिन' तो खैरे दरबार में जाते ही नहीं थे, उस्ताद 'ज़ौक़' के प्रभाव से ज़फ़र' में इतना साहस भी नहीं था कि वह 'ग़ालिब' को अपना कलाम दिखा पाते अतएव :

कहूं क्या रंग उसे गुल का अहा हा-हा, अहा हा-हा
हुआ रगीं चमन सारा अहा हा-हा, अहा हा-हा

और

वस्त ज़ाहिर तो न होता था हमें उसका नसीब
ख़्वाब में वो छुप के आया यूं न था तो यूं हुआ
दे के उस बेदर्द को दिल, हूं 'ज़फ़र' मैं दर्द मन्द
वाह दुःख बैठे बिठाएं यूं न था तो यूं हुआ

ऐसे शे'रों पर ही वह सर धुनते और धुनवाते रहे। और यदि 1857 की उथल-पुथल न हुई होती अर्थात् अंतरंग तथा बाह्य परिस्थितियों में कोई अन्तर न आता तो शायद शायर की हैसियत से आज कोई 'ज़फ़र' का नाम भी न लेता। लेकिन शायर की हैसियत से 'ज़फ़र' का नाम अमर होना था। उनकी क़लम से देशप्रेम और आक्रमणकारियों के प्रति पावन घृणा का प्रकटन होना था कि परिस्थितियों में अन्तर हुआ और जब 'ज़फ़र' को कैद करने वाले एक अंग्रेज़ ने (जो उर्दू भी जानता था) उनकी दुर्दशा पर फबती कसते हुए यह शे'र पढ़ा :

दम-दमे में दम नहीं, अब ख़ैर मांगो जान की
ऐ 'ज़फ़र' बस हो चुकी शमशीर हिन्दुस्तान की

तो 'ज़फ़र' ने अपनी बूढ़ी हड्डियां कड़कड़ाते हुए जो उत्तर दिया, वह स्वराज्य के इतिहास में सुनहरे शब्दों में लिखने योग्य है :

हिन्दियों में बू रहेगी जब तलक ईमान की
तख़्ते- लंदन पर चलेगी तेग हिन्दुस्तान की

—*प्रकाश पंडित*

بہادر شاہ ظفر

نہ کسی کی آنکھ کا نور ہوں نہ کسی کے دل کا قرار ہوں

جو کسی کے کام نہ آسکے، میں وہ ایک مشتِ غبار ہوں

ایسا حسرت آمیز شعر، بلکہ خون کے آنسو رلانے والا شعر کوئی بادشاہ ہی کہہ سکتا ہے۔ بادشاہوں کے رموز سے آگاہ لوگ کہیں گے، نہیں، لیکن ہندوستان کے آخری مغل تاجدار بہادر شاہ ظفر کے حالات زندگی سے واقف اس کی تائید کریں گے کیونکہ ظفر برائے نام بادشاہ تھے۔ مورخین کے مطابق تو ان کی حیثیت شطرنج کے بادشاہ سے بھی گئی گزری تھی اور اگر وہ بادشاہ تھے تو انہیں دنیا کا سب سے زیادہ غمزدہ اور بے کس بادشاہ کہا جاسکتا ہے۔ رنج والم نوشتۂ تقدیر کی طرح ان کے حصے میں آیا تھا جس کا آغاز اورنگ زیب عالمگیر کے بعد مغلیہ سلطنت پر آنے والے زوال کے ساتھ ہی ہوگیا تھا۔ اورنگ زیب کے انتقال کے بعد اس کے وارثوں کی نااہلی اور خانہ جنگی سے فائدہ اٹھاتے ہوئے سکھوں، جاٹوں اور مرہٹوں نے سلطنت کے کئی حصوں پر قبضہ کرلیا۔ نادر شاہ اور احمد شاہ ابدالی کے پے در پے حملوں نے رہی سہی کسر پور کردی اور بہادر شاہ ظفر کے دادا شاہ عالم ثانی کے وقت تک نوبت یہاں تک پہنچ گئی کہ 1769ء میں جب شاہ عالم کی والدہ لال کنور کا انتقال ہوا تو مقبرہ تعمیر کرانے کے لئے خزانے میں پیسہ نہیں تھا۔ ایسی ''شاہانہ'' صورتِ حال میں 24 اکتوبر 1755ء میں شاہ عالم کے دوسرے بیٹے اکبر شاہ ثانی کی ایک ہندو بیگم لال بائی نے بہادر شاہ ظفر کو جنم دیا۔ جو بھی ہو، لیکن ظفر کی

ولادت تو شاہی خاندان میں اور دلی کے تاریخی لال قلعے میں ہوئی تھی اس لیے ان کی پرورش بھی شہزادوں کے طریقے پر ہوئی۔ لال قلعے کی زبان اردوئے معلّٰی وراثت میں ملی تھی لیکن بہادر شاہ نے بہت جلد فارسی عربی اور دیگر مروجہ علوم پر دسترس حاصل کرلی۔ لیکن مقدر کی ستم ظریفی اچھی تعلیم، فنونِ حرب اور فنونِ لطیفہ کی بہتر تربیت سے دور نہیں ہوجاتی۔ ظفؔر کے والد اکبر شاہ ثانی ہمیشہ اپنے اس بیٹے سے ناخوش رہے اور جوان ہوجانے کے باوجود انھیں 500 روپیہ ماہوار سے زیادہ جیب خرچ نہیں دیا۔ اکبر شاہ ثانی نے انھیں اپنا ولی عہد بھی قرار نہیں دیا۔ انگریز جو اس وقت تک اقتدارِ اعلیٰ کے مالک بن چکے تھے، انھوں نے بادشاہ کو اس غیر منصفانہ اقدام سے منع کیا تو اکبر شاہ ثانی نے انگریز ریزیڈنٹ سے یہاں تک کہہ دیا کہ ظفؔر ان کا بیٹا ہی نہیں ہے۔

بہادر شاہ مزاج بچپن سے ہی نہایت صابر، خاموش طبع اور نرم مزاج انسان تھے۔ انھوں نے والد کی ناانصافی کے خلاف ایک لفظ بھی نہیں کہا اور صبر و شکیب سے کام لیتے ہوئے باپ کا فیصلہ منظور کرلیا۔ ولی عہد مرزا جہانگیر نہایت منہ زور اور بد مزاج شہزادہ تھا، ولی عہد بنتے ہی وہ عیاشی اور شراب و کباب میں ڈوب گیا۔ نتیجہ یہ ہوا کہ 1821ء میں کثرتِ شراب نوشی سے اس کا انتقال ہوگیا۔ اور اس بار انگریزوں نے اکبر شاہ ثانی کی مرضی کے بغیر بہادر شاہ ظفر کو ولیعہد سلطنت مقرر کردیا۔ 1837ء میں اکبر شاہ کی موت کے بعد بہادر شاہ ظفر بادشاہ ہوئے۔ دراصل یہ بادشاہت برائے نام تھی۔ بادشاہ ایسٹ انڈیا کمپنی کا پینشن خوار تھا۔ اس وقت بادشاہ کو 12 لاکھ روپیہ سالانہ پنشن دی جاتی تھی۔ اسی رقم سے لال قلعے کے بادشاہ اپنے شاہی رکھ رکھاؤ کو قائم رکھتے تھے۔ انگریزوں نے

شاہ عالم ثانی سے اقتدار چھینا تھا، لیکن وہ جانتے تھے کہ ملک کے عوام پر مغل بادشاہت کے تئیں عقیدت اور محبت کا گہرا اثر ہے اس لیے بادشاہ کو برقرار رکھنا ان کی مجبوری تھی۔ انگریز اعلیٰ افسران بھی جب بادشاہ کے دربار میں حاضری لادیتے تو پورے شاہی آداب ومراتب کی پابندی کرتے تھے۔ سرکاری کاغذات اور اعلانات میں ''ملک بادشاہ کا اور حکم کمپنی بہادر کا'' کے الفاظ شامل ہوتے تھے۔ لیکن بہادر شاہ ظفر کے بادشاہ ہونے کے وقت تک انگریزوں نے شاہی آداب اور احترام کو ختم کردیا۔ برائے نام بادشاہ بہادر شاہ ظفرؔ کا عظیم کارنامہ یہ ہے کہ انتہائی نامساعد حالات میں بھی انھوں نے لال قلعے کی رونق کو برقرار رکھا۔ وہ اعلیٰ تعلیم یافتہ انسان تھے، ادب اور شعروشاعری سے گہرا شغف رکھتے تھے بہادر شاہ ظفرؔ نے اردو زبان وادب کی تاریخ کا سب سے شاندار دور دیکھا۔ ان کا دربار، غالبؔ، ذوقؔ، مومنؔ شیفتہؔ، صہبائیؔ، تفتہؔ اور آزردہؔ جیسے ان شعراء سے جگمگا رہا تھا جنھوں نے اردو شاعری کی عظمت کو بلندیوں تک پہنچایا۔ بہادر شاہ ظفر خود بھی نہایت خوش فکر شاعر تھے۔ شاعری میں وہ استاد ذوقؔ کے شاگرد تھے، ذوقؔ کے انتقال کے بعد مرزا غالبؔ بادشاہ کے استاد ہوئے۔ بہادر شاہ ظفرؔ کے لیے غالبؔ کا شاگرد ہونا بھی بہت بڑی بات ہے کیونکہ مرزا اسد اللہ خاں غالبؔ اتنے بڑے شاعر ہوئے کہ ان کا ثانی اب تک پیدا ہوسکا نہ مستقبل میں اس کی توقع کی جاسکتی ہے۔

1857 کی پہلی جنگ آزادی میں بہادر شاہ ظفرؔ نے بڑی ہمت کے ساتھ مجاہدین آزادی کی قیادت کی لیکن ہندوستانیوں کی کم نصیبی اور آپسی پھوٹ نے شاطر انگریز قوم کو فتحیاب کیا۔ دہلی اجڑ گئی، لاکھوں لوگ مار ڈالے گئے، شہزادوں کو قتل کردیا گیا اور بادشاہ کو جلاوطن کرکے رنگون بھیج دیا گیا جہاں ایک

غریب اور فقیر کی طرح انھوں نے زندگی کے آخری چار سال گزارے، ان کی یہ مشہور غزل رنگون میں کہی گئی جس میں انھوں نے اپنی بدنصیبی کا سارا درد انڈیل دیا ہے:۔

لگتا نہیں ہے دل مرا اجڑے دیار میں
کس کی بنی ہے عالمِ ناپائیدار میں
کہہ دو ان حسرتوں سے کہیں دور جا بسیں
اتنی جگہ کہاں ہے دلِ داغدار میں
ہے کتنا بدنصیب ظفرؔ دفن کے لیے
دو گز زمین بھی نہ ملی کوئے یار میں

ظفرؔ کا شمار اردو کے عظیم شاعروں میں ہوتا ہے ان کے کلام میں عشق و محبت کی رنگینی، تصوف کی چاشنی اور زندگی کے دکھ سکھ کی مؤثر تصویر کشی ہے۔ زبان و بیان پر انھیں قدرت حاصل ہے، ان کے اشعار ان کے دل سے نکلی ہوئی سچائیوں سے مالا مال ہیں اس لیے سننے پڑھنے والوں کے دلوں میں اتر جاتے ہیں۔ ظفرؔ کی شاعری کا یہ انتخاب نامور شاعر اور ادیب آنجہانی پرکاش پنڈت صاحب نے 'ہند پاکٹ بکس' کے تحت چوتھائی صدی قبل شائع کیا تھا۔ عرصہ سے اس بے نظیر انتخاب کے لیے شائقین اصرار کر رہے تھے لہٰذا اب بالکل نئے طریقے سے اس کتاب کی اشاعت عمل میں لائی جا رہی ہے۔ شروع میں اردو اور ہندی رسم الخط میں الگ الگ دو مجموعے تھے۔ قارئین کی آسانی کے لیے اب دونوں کو یکجا کر دیا گیا ہے۔ ہمیں امید ہے کہ ہماری اس کوشش کو پسند کیا جائے گا۔

ناشر

संकलन

कुछ शाब्दिक संकेत

उर्दू शायरों का भरपूर आनन्द लेने के लिए आवश्यक है कि उर्दू भाषा की शाब्दिक बारीकियों को समझ लिया जाए। पाठकों की सुविधा के लिए हम यहां कुछ ऐसे संकेत दे रहे हैं जो न केवल इस पुस्तक को बल्कि उर्दू शायरी की प्रत्येक पुस्तक को पढ़ते हुए पाठकों का पथ-प्रदर्शन करेंगे :

1. ‘व’ अथवा ‘तथा’ के भावार्थ के लिए उर्दू में ‘-ओ-’ या केवल ‘ो’ की मात्रा से संयुक्त शब्द बनाए जाते हैं, जैसे— ग़मओ-हसरत या ग़मो-हसरत।

2. ‘े’ की मात्रा के प्रयोग से का, क, की आदि का भावार्थ निकलता है, जैसे— ग़मे-ज़िन्दगी (ज़िन्दगी का ग़म)।

3. शुद्ध उच्चारण तथा सही अर्थों के लिए कुछ अक्षरों के नीचे बिन्दी डाली जाती है और यों उस अक्षर का स्वर हल्का हो जाता है। जैसे—ज़ेब (सजावट), बिन्दी न डालने से यह ‘जेब’ हो जाएगा और इसके अर्थ भी बदल जाएंगे।

4. उर्दू शायरी के छन्द, लय आदि अलग तरह के हैं जिनके अनुसार कई शब्दों को पूर्ण रूप से न लिखकर किंचित् बदल लिया जाता है, लेकिन उनके अर्थों में कोई अंतर नहीं आता जैसे :

एक को इक	वह को वो	जुनून को जुनूं
तेरे को तिरे	खून को खूं	ख़ामोशी को खामुशी
मेरे को मिरे	इन्सान को इन्सां	कुर्बान को कुर्बां
यहां को यां	सुबह को सुब्ह	गुलिस्तान को गुलिस्तां
वहां को वां	सामान को सामां	बियाबान की बियाबां
पर को पे	दामन की दामां	इत्यादि
यह को ये	परीशान को परीशां	

इन साधारण संकेतों को ग्रहण कर लेने के बाद बड़ी आसानी से उर्दू शायरी की आत्मा को छुआ जा सकता है।

लगता नहीं है जी मिरा उजड़े दियार में[1]
किस की बनी है आलमे-नापाएदार में[2]

बुलबुल को पासबां से[3] न सैयद से[4] गिला
क़िस्मत में क़ैद थी लिखी फ़स्ले-बहार में[5]

कह दो इन हसरेतों से कहीं और जा बसें
इतनी जगह कहां है दिले-दाग़दार में

इक शाखे-गुल पे[6] बैठके बुलबुल है शादमां[7]
कांटे बिछा दिए हैं दिले-लालाज़ार में[8]

उम्र-दराज़[9] मांग कर लाए थे चार दिन
दो आरज़ू में कट गए दो इन्तिज़ार में

है कितना बदनसीब 'ज़फ़र' दफ़्न के लिए
दो गज़ ज़मीं भी मिल न सकी कू-ए-यार में[10]

---

1. देश, नगर में 2. नश्वर संसार में 3. रखवाले से 4. शिकारी से 5. वसन्त ऋतु में 6. फूलों की डाली पर 7. उल्लसित 8. हृदयरूपी वाटिका में 9. लम्बी आयु 10. प्रेयसी की गली (स्वदेश) में

لگتا نہیں ہے جی مرا اجڑے دیار میں
کس کی بنی ہے عالمِ ناپائیدار میں

بلبل کو پاسباں سے نہ صیاد سے گلہ
قسمت میں قید تھی لکھی فصلِ بہار میں

کہہ دو ان حسرتوں سے کہیں اور جا بسیں
اتنی جگہ کہاں ہے دلِ داغ دار میں

اک شاخِ گل پہ بیٹھ کے بلبل ہے شادماں
کانٹے بچھا دیے ہیں دلِ لالہ زار میں

عُمرِ دراز مانگ کر لائے تھے چار دن
دو آرزو میں کٹ گئے دو انتظار میں

ہے کتنا بدنصیب ظفؔر دفن کے لیے
دو گز زمیں بھی مل نہ سکی کوئے یار میں

न किसीकी आंख का नूर हूं
न किसी के दिल का क़रार हूं
जो किसी के काम न आ सके
मैं वो एक मुश्ते-गुबार[1] हूं
मेरा रंग-रूप बिगड़ गया
मेरा यार मुझसे बिछड़ गया
जो चमन ख़िजां से उजड़ गया
मैं उसी की फ़स्ले-बहार[2] हूँ
पए-फ़ातेहा[3] कोई आए क्यों
कोई चार फूल चढ़ाए क्यों
कोई आके शमअ जलाए क्यों
'मैं वो बेकसी का मज़ार हूं
मैं नहीं हूं नग़्म-ए-जांफ़िज़ां[4]
मुझे सुनके कोई करेगा क्या
मैं बड़े बिरोग[5] की हूं सदा[6]
मैं बड़े दुखों की पुकार हूं
न तो मैं किसी का हबीब[7] हूं
न तो मैं किसी का रक़ीब[8] हूं
जो बिगड़ गया वो नसीब हूं
जो उजड़ गया वो दियार[9] हूँ

---

1. मुट्ठी-भर धूल 2. वसन्त ऋतु 3. मृतक की आत्मा को शान्ति पहुंचाने के लिए, कुरान की आयतें पढ़ने के लिए 4. जीवन को प्रफुल्लित करने वाला गीत 5. वियोग 6. आवाज़ 7. प्रियजन 8. प्रतिद्वन्द्वी 9. देश, नगर

نہ کسی کی آنکھ کا نور ہوں نہ کسی کے دل کا قرار ہوں
جو کسی کے کام نہ آ سکے میں وہ ایک مشتِ غبار ہوں

میرا رنگ روپ بگڑ گیا میرا یار مجھ سے بچھڑ گیا
جو چمن خزاں سے اجڑ گیا میں اسی کی فصلِ بہار ہوں

پئے فاتحہ کوئی آئے کیوں کوئی چار پھول چڑھائے کیوں
کوئی آ کے شمع جلائے کیوں میں وہ بے کسی کا مزار ہوں

میں نہیں ہوں نغمۂ جانفزا مجھے سن کے کوئی کرے گا کیا
میں بڑے بروگ کی ہوں سدا میں بڑے دکھوں کی پکار ہوں

نہ تو میں کسی کا حبیب ہوں نہ تو میں کسی کا رقیب ہوں
جو بگڑ گیا وہ نصیب ہوں جو اجڑ گیا وہ دیار ہوں

गई यक-ब-यक जो हवा पलट
नहीं दिल को मेरे क़रार है
करूं इस सितम का[1] मैं क्या बयां
मेरा ग़म से सीना फ़िगार[2] है
ये रिआया-हिन्द[3] तबाह हुई
कहूं क्या-क्या इन पे जफ़ा[4] हुई
जिसे देखा हाकिमे-वक्त ने[5]
कहा ये भी क़ाबिले-दार[6] है
ये किसी ने ज़ुल्म भी है सुना कि
दी फांसी लोगों को बेगुनाह
वले[7] कल्मा-गोयों की सिम्त[8] रे
अभी दिल में उनके बुख़ार है
न था शहर दिल्ली, ये था इक चमन
कहूं किस तरह का था यां अमन
जो ख़िताब था वो मिटा दिया
फ़क़त अब तो उजड़ा दिया[9] है
यही तंग हाल जो सबका है
ये करिश्मा क़ुदरते-रब का है
जो बहार थी सो ख़िज़ां हुई
जो ख़िज़ां थी अब वो बहार है
शबो-रोज़[10] फूलों में जो तुले
कहो खारे-गम को[11] वो क्या सहे

---

1. अत्याचार का 2. घायल 3. भारत की जनता 4. अत्याचार 5. समय के शासक ने 6. सूली पर चढ़ने योग्य 7. लेकिन 8. मुसलमानों की 9. नगर 10. रात-दिन 11. ग़म के कांटों को

گئی یک بہ یک جو ہوا پلٹ نہیں دل کو میرے قرار ہے
کروں اس ستم کا میں کیا بیاں میرا غم سے سینہ فگار ہے

یہ رعایۂ ہند تباہ ہوئی کہوں کیا کیا ان پہ جفا ہوئی
جسے دیکھا جا وقت نے کہا یہ بھی قابلِ دار ہے

یہ کسی نے ظلم بھی ہے سنا کہ دی پھانسی لوگوں کو بے گناہ
ولے کلمہ گویاں کی سمت سے ابھی دل میں انکے بخار ہے

نہ تھا شہر، دلّی تھا اک چمن کہوں کس طرح کا تھا یاں امن
جو خطاب تھا وہ مٹا دیا فقط اب تو اجڑا دیار ہے

یہی تنگ حال جو سب کا ہے یہ کرشمہ قدرتِ رب کا ہے
جو بہار تھی سو خزاں ہوئی جو خزاں تھی اب وہ بہار ہے

شب و روز پھولوں میں جو تُلے کہو خارِ غم کو وہ کیا سہے
ملے طوق قید میں جب انھیں کہا گل کے بدلے یہ ہار ہے

मिले तौक़[1] क़ैद में जब उन्हें
कहा गुल के बदले ये हार है
सभी जा वो मातमे-सख़्त[2] है
कहो कैसी गर्दिशे-बख़्त[3] है
न वो ताज है न वो तख़्त है
न वो शाह है न वो दियार
ये वबाल तन पे है सर मिरा
नहीं जान जाने का डर ज़रा
कटे गुम ही निकले जो दम मिरा
मुझे अपनी ज़िन्दगी बार[4] है
क्या है ग़म 'ज़फ़र' तुझे हश्र को
जो ख़ुदा ने चाहा तो बरमला[5]
हमें है वसीला[6] रसूल का
वो हमारा हामी-ए-कार[7] है

---

1. लोहे की हंसली, जो अपराधियों के गले में डाली जाती थी 2. घोर शोक 3. भाग्य-चक्र 4. बोझ 5. प्रत्यक्ष 6. सहारा 7. हमारे कार्य का समर्थक

سبھی جا وہ ماتمِ سخت ہے کہو کیسے گردشِ بخت ہے
نہ وہ تاج ہے نہ وہ تخت ہے نہ وہ شاہ ہے نہ دیار

یہ وبال تن پہ ہے سر مرا نہیں جان جانے کا ڈر ذرا
کٹے غم ہی نکلے جو دم مرا مجھے اپنی زندگی بار ہے

کیا ہے غم ظفرؔ تجھے حشر کا جو خدا نے چاہا تو برملا
ہمیں ہے وسیلہ رسول کا وہ ہمارا حامیٔ کار ہے

पसे-मर्ग[1] मेरे मज़ार पर जो दिया किसी ने जला दिया
उसे आह ! दामने-बाद ने[2] सरे-शाम ही[3] से बुझा दिया

मुझे दफ़्न करना तू जिस घड़ी, तो ये उससे कहना कि ऐ परी
वो जो तेरा आशिक़े-ज़ार[4] था, तहे-ख़ाक[5] उसको दबा दिया

दमे-गुस्ल से[6] मेरे पेशतर[7] उसे हमदमों ने[8] ये सोचकर
कहीं जावे उसका न दिल दहल, मेरी लाश पर से हटा दिया

मेरी आंख झपकी थी एक पल, मेरे दिल ने चाहा कि उठके चल
दिले-बेक़रार ने ओ मियां ! वहीं चुटकी लेके जगा दिया

मैंने दिल दिया, मैंने जान दी, मगर आह तूने न क़द्र की
किसी बात को जो कभी कहा, उसे चुटकियों से उड़ा दिया

---

1. मृत्यु के बाद 2. हवा के दामन ने 3. शम होते ही 4. दुःखी प्रेमी 5. मिट्टी के नीचे 6. शव को नहलाने से 7. पूर्व 8. मित्रों ने

پس مرگ میرے مزار پر جو دیا کسی نے جلا دیا
اسے آہ! دامنِ باد نے سرِ شام ہی سے بجھا دیا

مجھے دفن کرنا تو جس گھڑی تو یہ اس سے کہنا کے اے پری
وہ جو تیرا عاشقِ زار تھا تہہ خاک اسکو دبا دیا

دمِ غسل سے مرے بیشتر اسے ہمدموں نے یہ سوچ کر
کہیں جاوے اسکا نہ دل دہل میری لاش پر سے ہٹا دیا

مری آنکھ جھپکی تھیں ایک پل مرے دل نے چاہا کے اٹھ کے چل
دلِ بے قرار نے او میاں! وہیں چٹکی لے کے جگا دیا

میں نے دل دیا میں نے جان دی مگر آہ! تو نے نہ قدر کی
کسی بات کو جو کبھی کہا اسے چٹکیاں سے اڑا دیا

कभी बन-संवर के जो आ गए तो बहारे-हुस्न दिखा गए
मेरे दिल को दाग़ लगा गए ये नया शिगूफ़ा खिला गए

कोई क्यों किसी का लुभाए दिल कोई क्यों किसी से लगाए दिल
जो वो बेचते थे दवाए-दिल वो दुकान अपनी बढ़ा गए

मेरे पास आते थे दम-ब-दम वो जुदा न होते थे एक दम
ये दिखाया चर्ख़ ने[1] क्या सितम कि मुझी से आंखें चुरा गए

बन्धे क्यों न आंसुओं की झड़ी कि ये हसरत उनके गले पड़ी
वे जो काकुलें[2] थीं बड़ी-बड़ी वो उन्हीं के पेच में आ गए

यही शौक़ था हमें दम-ब-दम कि बहार देखेंगे अब के हम
जं ही छूटे क़ैदे-कफ़स[3] से हम, तो सुना ख़िज़ा के[4] दिन आ गए

---

1. आकाश या भाग्य ने 2. केशराशियां 3. पिंजरे की क़ैद से 4. पतझड़ के

کبھی بن سنور کے جو آگئے تو بہارِ حسن دکھا گئے
میرے دل کو داغ لگا گئے یہ نیا شگوفہ کھلا گئے

کوئی کیوں کسی کا لبھائے دل کوئی کیوں کسی سے لگائے دل
جو وہ بیچتے تھے دوائے دل وہ دکان اپنی بڑھا گئے

میرے پاس آتے تھے دم بہ دم وہ جدا نہ ہوتے تھے ایک دم
یہ دکھایا چرخ نے کیا ستم کی مجھی سے آنکھیں چرا گئے

بندھے کیوں نہ آنسوؤں کی جھڑی کہ یہ حسرت انکے گلے پڑی
وہ جو کاکلیں تھیں بڑی بڑی وہ انھیں کے بیچ میں آگئے

یہی شوق تھا ہمیں دم بہ دم کہ بہار دیکھیں گے اب کے ہم
جوں ہی چھوٹے قید قفس سے ہم تو سنا خزاں کے دن آگئے

भर आया दिल मिरा सौ बार पर न रोया मैं
रहा ये मद्दे नज़र[1] पासे-आबरू से[2] लिहाज़

चमन में आंख झुकाए खड़ी है क्यों नर्गिस
अगर नहीं है किसी शोख़ लाला-ए से[3] लिहाज़

जहां में पाएगा क्योंकर वो गौहरे-मक़सूद[4]
जिसे तलाश से हो शर्म, जुस्तजू से लिहाज़

लिहाज़ है ये फ़क़त[5] तेरी दोस्ती का हमें
जो तेरी बज़्म में[6] करते हैं हम अदू[7] से लिहाज़

चमन से आए न बेपर्दा ता सरे-बाज़ार[8]
उड़ाए गुल जो न इज़हारे-रंगो-बू से[9] लिहाज़

सफ़ाई देख 'ज़फ़र' आईने के दीदे की[10]
न खूब-रू से[11] है उसको न तुर्श-रू से[12] लिहाज़

---

1. दृष्टिगोचर 2. सम्मान के विचार से 3. फूल ऐसे मुखड़े से 4. उद्देश्यरूपी फूल 5. केवल 6. महफ़िल में 7. प्रतिद्वन्द्वी 8. बाज़ार में 9. रंग तथा सुगंध की अभिव्यक्ति से 10. देखने की 11. सुन्दर से 12. असुन्दर से

بھر آیا دل مرا سو بار پر نہ رویا میں
رہا یہ مدِ نظر پاسِ آبرو سے لحاظ

چمن میں آنکھ جھکائے کھڑی ہے کیوں نرگس
اگر نہیں ہے کسی شوخِ لالہ رُخ سے لحاظ

جہاں میں پائیگا کیونکر وہ گوہرِ مقصود
جسے تلاش سے ہو شرمِ جستجو سے لحاظ

لحاظ ہے یہ فقط تیری دوستی کا ہمیں
جو تیری بزم میں کرتے ہیں ہم عدو سے لحاظ

چمن سے آئے نہ بے پردہ تا سرے بازار
اُڑائے گل جو نہ اظہارِ رنگ و بو سے لحاظ

صفائی دیکھ ظفرؔ آئینے کے دیدے کی
نہ خوب رو سے ہے اسکو نہ ترش رو سے لحاظ

हुई जिस सबब हमसे तुमसे जुदाई
न तुम हमसे पूछो न हम तुमसे पूछें
बयां ये तो कर देगी सारी खुदाई
न तुम हमसे पूछो न हम तुमसे पूछें

ये मशहूर है दिल से है राह दिल को
किया करता है दिल ही आगाह दिल को
वो दिल ही से पूछो जो है दिल में आई
न तुम हमसे पूछो न हम तुमसे पूछें

हमें चाहो तुम और हम तुमको चाहें
उधर तुम निबाहो इधर हम निबाहें
सिवा इसके रस्मो-रहे-आशनाई[1]
न तुम हमसे पूछो न हम तुमसे पूछे

पहेले-सी इक रम्ज़े-मेह्रो-वफ़ा[2] है
इसे पूछता है तो दिल पूछता है
नहीं जाती मुंह से ये हरगिज़ बताई
न तुम हमसे पूछो न हम तुमसे पूछें

1. प्रेम की रीति-नीति 2. प्रेम और विश्वास का भेद

ہوئی جس سبب ہم سے تم سے جدائی نہ تم ہم سے پوچھو نہ ہم تم سے پوچھیں
بیاں یہ تو کر دے گی ساری خدائی نہ تم ہم سے پوچھو نہ ہم تم سے پوچھیں

یہ مشہور ہے دل سے ہے راہ دل کو کیا کرتا ہے دل ہی آگاہ دل کو
وہ دل ہی سے پوچھو جو ہے دل میں آئی نہ تم ہم سے پوچھو نہ ہم تم سے پوچھیں

ہمیں چاہو تم اور ہم تم کو چاہیں ادھر تم نبھاؤ ادھر ہم نبھائیں
سوا اس کے رسم و رہِ آشنائی نہ تم ہم سے پوچھو نہ ہم تم سے پوچھیں

پہیلی سی ایک رمزِ مہروفا ہے اسے پوچھتا ہے تو دل پوچھتا ہے
نہیں جاتی منہ سے یہ ہرگز بتائی نہ تم ہم سے پوچھو نہ ہم تم سے پوچھیں

ज़ाहिर[1] हैं क्या ज़हूर के[2] मज़हर[3] नए-नए
जल्वे हैं उसके पर्दे के अन्दर नए-नए

हों जख़्म मेरे दिल पे न क्योंकर नए-नए
और इम्तिहां वो करते हैं[4] खंजर नए-नए

सैयाद[5] ये असीर[6] न तड़पें तो क्या करें
हैं दाम में[7] फंसे अभी आकर नए-नए

नाज़ो-अदा-ओ-गुम्ज़ा तो हैं शेवा-ए-क़दीम[8]
आज़ार[9] उनके और हैं अक्सर नए-नए

दिल टूटे मोहतासब का[10] इलाही कि उसने आज
क्या बुतकदे में[11] तोड़े हैं सागर[12] नए-नए

कल टुकड़े-टुकड़े ख़त को किया नामाबर को[13] आज
कतरे है गुल तो रोज़ सितमगर[14] नए-नए

इक दाग दिल का कोहना हुआ था कि ये तो फिर
पैदा हुआ हज़ार जिगर पर नए-नए

इक दिल है इसको दीजिए किस-किसको ऐ 'ज़फ़र'
आते नज़र हैं सैकड़ों दिलबर नए-नए

---

1. प्रत्यक्ष 2. प्रकृति के 3. दृश्य 4. आज़मते हैं 5. शिकारी 6. क़ैदी 7. जाल में 8. पुरानी आदत 9. दुःख, अत्याचार 10. रसाध्यक्ष का 11. माशूक़ के घर में 12. शराब के प्याले 13. पत्रवाहक को 14. अत्याचारी (माशूक़) 15. पुराना, हल्का

ظاہر ہیں کیا ظہور کے مظہر نئے
جلوے ہیں اسکے پردے کے اندر نئے

ہوں زخم میرے دل پہ نہ کیونکر نئے
اور امتحاں وہ کرتے ہیں خنجر نئے

صیاد یہ اسیر نہ تڑپے تو کیا کریں
ہیں دام میں پھنسے ابھی آکر نئے

نازو ادا و غمزہ تو ہیں شیوۂ قدیم
آزار انکے اور ہیں اکثر نئے

دل ٹوٹے محتسب کا الٰہی کہ ان سے آج
کیا بت کدے میں توڑے ہیں ساغر نئے

کل ٹکڑے ٹکڑے خط کو کیا نامہ بر کو آج
کترے ہے گل تو روز ستم گر نئے

اک داغ دل کا کہنہ ہوا تھا کہ یہ تو پھر
پیدا ہوے ہزار جگر پر نئے

اک دل ہیں اس کو دیجئے کس کس کو اے 'ظفر'
آتے نظر ہیں سینکڑوں دلبر نئے

आ जाती है जिस वक़्त तिरी ध्यान में सूरत
हो जाए है यां और भी इक आन में[1] सूरत

बुलख़ाना-ए-चीं में[2] कोई क्या देखेगा काफ़िर
मेरी नहीं है आलमे-इम्कान में[3] सूरत

जुल्फ़ों से तुम्हारी हूं परेशान जियादा
देखो मेरी इस हाले-परेशान में सूरत

हूं आशिक़-सरबाज़[4] मुझे बुल्हविस[5] आकर–
दिखलाएगा क्या इश्क़ के मैदान में सूरत

है साफ़ तिरे तकिये में अख़्तर की[6] शहाबत[7]
मिलती है महे-नौ की गिरेबान में सूरत

दीवाना तेरा बनके जो मैं ख़ाक उड़ाऊं
मजनूं की बिगड़ जाए बियाबान में सूरत

तुझ बिन ये हुई शक्ल कि पहचानते हैं दोस्त–
मुश्किल सि मिरे कल्बा-ए-अख़रान की[9] सूरत

क्या देखता है आईना ऐ शोखे-परी रू[10]
देख अपने 'ज़फ़र' के दिले-हैरान की सूरत

---

1. क्षण में 2. चीन के मूर्तिगृहों में 3. संभावना की स्थिति में 4. सिर की बाज़ी लगाने वाला प्रेमी 5. भोग-लिप्सु 6. सितारे की 7. एकरूपता 8. नये चांद की 9. ग़मों के घर की 10. परियों ऐसे चेहरे वाले चंचल (माशूक़)

آجاتی ہے جس وقت تری دھیان میں صورت
ہو جائے ہے یاں اور بھی اک آن میں صورت

بُت خانۂ چیں میں کوئی کیا دیکھے گا کافر
میری نہیں ہے عالمِ امکان میں صورت

زلفوں سے تمہاری ہوں پریشان زیادہ
دیکھو مری اس حالِ پریشان میں صورت

ہوں عاشقِ سرباز مجھے بوالہوس آکر
دکھلائیگا کیا عشق کے میدان میں صورت

ہے صاف ترے تکیے میں اختر کی شباہت
ملتی ہے مہِ نو کی گریبان میں صورت

دیوانہ ترا بن کے جو میں خاک اڑاؤں
مجنوں کی بگڑ جائے بیابان میں صورت

تجھ بن یہ ہوئی شکل کی پہچانتے ہیں دوست
مشکل سے مرے کلبۂ احزان کی صورت

کیا دیکھتا ہے آئینہ اے شوخ پری رو
دیکھ اپنے ظفرؔ کے دلِ حیران کی صورت

नहीं इश्क़ जो उसका, तो रंज हमें
किं क़रारो-शिकब[1] ज़रा न रहा
ग़मे इश्क़ तो अपना रफ़ीक़[2] रहा
कोई और बला से रहा न रहा
दिया अपनी ख़ुदी को जो[3] हमने उठा
जो वो पर्दा-सा बीच में था न रहा
रहा पर्दे में अब न वो पर्दानशीं[4]
कोई दूसरा उसके सिवा न रहा
न थी हाल की जब हमें अपने ख़बर
रहे देखते औरों के ऐब-ओ-हुनर[5]
पड़ी अपनी बुराइयों पर जो नज़र
तो निगाह में कोई बुरा न रहा
कई रोज़ में आज वो माहे-लक़ा[6]
हुआ मेरे जो सामने जल्वा-नुमा[7]
मुझे सब्रो-क़रार ज़रा न रहा
उसे पासे-हिज़ाब-ओ-हया[8] न रहा
हमें साग़रे-बादा[9] के देने में अब
करे देर जो साक़ी तो हाए ग़ज़ब
कि ये अहदे-निशात[10] ये दौरे-तरब[11]
न रहेगा जहां में सदा, न रहा

---

1. धैर्य 2. साथी 3. अहं, स्वाभिमान 4. पर्दे में रहने वाला 5 बुराई-अच्छाई 6. चांद-सी सूरत वाला (माशूक़) 7. दर्शित 8. लज्जा तथा मर्यादा का ध्यान 9. मदिरा का प्याला 10-11. आनन्द-काल

نہیں عشق جو اسکا تو رنج ہمیں کہ قرار و شکیب ذرا نہ رہا
غمِ عشق تو اپنا رفیق رہا کوئی اور بلا سے رہا نہ رہا

دیا اپنی خودی کو جو ہم نے اٹھا جو وہ پردہ سا بیچ میں تھا نہ رہا
رہا پردے میں اب نہ وہ پردہ نشیں کوئی دوسرا اس کے سوا نہ رہا

نہ تھی حال کی جب ہمیں اپنے خبر رہے دیکھتے اوروں کے عیب و ہنر
پڑی اپنی برائیوں پر جو نظر تو نگاہ میں کوئی برا نہ رہا

کئی روز میں آج وہ ماہِ لقا ہوا میرے جو سامنے جلوہ نما
مجھے صبر و قرار ذرا نہ رہا اسے پاسِ حجاب و حیا نہ رہا

ہمیں ساغرِ بادہ کے دینے میں اب کرے دیر جو ساقی تو ہائے غضب
کہ یہ عہدِ نشاط یہ دورِ طرب نہ رہے گا جہاں میں سدا نہ رہا

तेरे रुख के[1] ख़याल में कौन से दिन
उठे मुझ पे न फ़िला-ए-रोज़े-जज़ा[2]
तेरी जुल्फ़ के[3] ध्यान में कौन सी शब[4]
मिरे सर पे हुजूमे-बला[5] न रहा
उसे चाहा था मैंने कि रोक रखूं
मेरी जान भी जाए तो जाने न दूं
किए लाख फ़रेब, हज़ार फ़ूसूं[6]
न रहा, न रहा, न रहा, न रहा
लगे यूं तो हज़ारों ही तीरे-सितम[7]
कि तड़पते रहे पड़े ख़ाक पे हम
वले नाज़ो-करिश्मा की[9] तेगे-दुदम[10]
लगी ऐसी कि तस्मा लगा न रहा
'ज़फ़र' आदमी न उसको जानिएगा
वो हो कैसा ही साहिबे फ़हमो-ज़का[11]
जिसे ऐश में यादे-खुदा न रहे
जिसे तैश में[12] ख़ौफ़े-खुदा न रहा

1. मुखड़े के 2. प्रलय के दिन वाली आपत्तियां 3. केशों के 4. रात 5. मुसीबतों का समूह 6. जादू 7. अत्याचाररूपी तीर 8. लेकिन 9. नाज़ो-अदा और चमत्कार 10. दोधारी तलवार 11. समझ-बूझ का मालिक 12. क्रोध में

ترے رخ کے خیال میں کون سے دن اٹھے مجھ پہ نہ فتنۂ روزِ جزا
تری زلف کے دھیان میں کون سی شب میرے سر پہ ہجومِ بلا نہ رہا

اسے چاہا تھا میں نے کی روک رکھوں مری جان بھی جائے تو جانے نہ دوں
کئے لاکھ فریب ہزار فسوں نہ رہا نہ رہا نہ رہا نہ رہا

لگے یوں تو ہزاروں ہی تیرے ستم کہ تڑپ رہے پڑے خاک پہ ہم
ولے ناز و کرشمہ کی تیغِ دو دم لگی ایسی کی تسمہ لگا نہ رہا

ظفرؔ آدمی نہ اسکو جانئے گا وہ ہو کیسے ہی صاحبِ فہم و ذکا
جسے عیش میں یادِ خدا نہ رہی جسے طیش میں خوفِ خدا نہ رہا

बहार आई है, भर दे बादा-ए-गुलगूं से[1] पैमाना
रहे लाखों बरस साक़ी तेरा आबाद मैख़ाना

उसी रश्के-परी[2] पर जान देता हूं मैं दीवाना
अदा जिसकी है बांकी, तिरछी चितवन, चाल मस्ताना

निभे क्योंकर मेरे और उस परी-पैकर[3] के याराना
वो बेपर्वा, मैं सौदाई, वो संगी-दिल[4] मैं दीवाना

मुझे आना मिले क्योंकर तेरी महफ़िल में जानाना
मेरी सूरत फ़क़ीराना, तेरा दरबार शाहाना

ग़ज़ाले-दश्त[5] बोले देखकर मजनूं की मैयत को
ये वहशी मर गया बस हो चुका आबाद वीराना

हमारे और तुम्हारे इश्क़ का चरचा है शहरों में
कोई सुनता नहीं अब लैला-ओ-मजनूं का अफ़साना

गुज़र यारब ! गुलिस्तां में हुआ है किस शराबी का
कि शाखें झूमती हैं, नाला-ए-बुलबुल[7] है मस्ताना

'ज़फ़र वो ज़ाहिदे-बेदर्द[8] की 'हू-हक़'[9] से बेहतर है
करे गर रिन्द[10] दर्दे-दिल से हा-ओ-हू-ए-मस्ताना[11]

---

1. लाल मदिरा से 2. जिससे परी भी ईर्ष्या करे 3. परी जैसे सुन्दर शरीर वाला माशूक़ 4. पत्थर दिल 5. जंगल के मृग 6. शव को 7. बुलबुल का आर्तनाद 8. हृदयहीन विरक्त 9. खुदा की याद में अल्लाह-अल्लाह करना 10. शराबी 11. मस्तीभरा आर्तनाद

بہار آئی ہے بھر دے بادۂ گلگوں سے پیمانہ
رہے لاکھوں برس ساقی ترا آباد میخانہ

اسی رشکِ پری پر جان دیتا ہوں میں دیوانہ
ادا جس کی ہے بانکی ترچھی چتون چال مستانہ

نبھے کیونکر مرے اور اس پری پیکر سے یارانہ
وہ بے پروا میں سودائی، وہ سنگیں دل، میں دیوانہ

مجھے آنا ملے کیونکر تری محفل میں جانانہ
مری صورت فقیرانہ تیرا دربار شاہانہ

غزالِ دشت بولے دیکھکر مجنوں کی میت کو
یہ وحشی مر گیا بس ہو چکا آباد ویرانہ

ہمارے اور تمہارے عشق کا چرچہ ہے شہروں میں
کوئی سنتا نہیں اب لیلیٰ و مجنوں کا افسانہ

گزر یارب! گلستاں میں ہوا ہے کس شرابی کا
کہ شاخیں جھومتی ہیں نالۂ بلبل ہے مستانہ

ظفرؔ وہ زاہدِ بے درد کی ہُوحق سے بہتر ہے
کرے گر رندِ دردِ دل سے یاہُو ہُوئے مستانہ

या मुझे अफ़सरे-शाहाना बनाया होता
या मिरा ताज गदायाना[1] बनाया होता

अपना दीवाना बनाया मुझे होता तूने
क्यों ख़िरदमंद[2] बनाया, न बनाया होता

खाकसारी के लिए गरचे बनाया था मुझे
काश खाके दरे-जानां[3] न बनाया होता

नश्शा-ए-इश्क़ का गर ज़र्फ़[4] दिया था मुझको
उम्र का तंग न पैमाना बनाया होता

सूफ़ियों के न था जो लायक़े-सुहबत[5] तो मुझे
क़ाबिले-जल्सा-ए-रिन्दाना[6] बनाया होता

था जलाना ही अगर दूरी-ए-साक़ी से मुझे
तो चिरागे-रहे-मैखाना[7] बनाया होता

शोला-ए-हुस्न चमन में न दिखाया उसने
वरना बुलबुल को भी परवाना बनाया होता

रोज़े मामूरा-ए-दुनिया[8] में खराबी है 'जफ़र'
ऐसी बस्ती[9] से तो वीराना बनाया होता

---

1. फ़क़ीरों का 2. अक्लमन्द 3. प्रेयसी के दरवाजे की धूल 4. साहस 5. संगति के योग्य 6. शराबियों की महफ़िल के क़ाबिल 7. मधुशाला के मार्ग का दीपक 8. दुनिया के आबाद होने का दिन 9. गुदड़ी

یا مجھے افسرِ شاہانہ بنایا ہوتا
یا مرا تاج گدایانہ بنایا ہوتا

اپنا دیوانہ بنایا مجھے ہوتا تونے
کیوں خردمند بنایا نہ بنایا ہوتا

خاکساری کے لیے گرچہ بنایا تھا مجھے
کاش خاکِ درِ جانانہ بنایا ہوتا

نشۂ عشق کا گر ظرف دیا تھا مجھکو
عمر کا تنگ نہ پیمانہ بنایا ہوتا

صوفیوں کے نہ تھا جو لائقِ صحبت تو مجھے
قابلِ جلسۂ رنداں نہ بنایا ہوتا

تھا جلانا ہی اگر دوریٔ ساقی سے مجھے
تو چراغ رہِ میخانہ بنایا ہوتا

شعلۂ حسن چمن میں نہ دکھایا اس نے
ورنہ بلبل کو بھی پروانہ بنایا ہوتا

روز معمورۂ دنیا میں خرابی ہے ظفرؔ
ایسی بستی سے تو ویرانہ بنایا ہوتا

हम मानते हैं कब किसी ग़मख़्वार की[1] सलाह
अपनी भी है सलाह जो है यार की सलाह

उस बेवफ़ा की हो न सके तर्क दोस्ती
ये हमने और दिल ही ने की यार की सलाह

मर जाइए न हूजिए मिन्नत-कशे-तबीब[2]
अब तो यही है इस तिरे बीमार की सलाह

काकुल में[3] दिल फंसे कि गिरफ्तारे-ज़ुल्फ़ हो
फ़रमाइए जो इसमें हो सरकार की सलाह

इन्कारे-वस्ल[4] क्योंकि न हो, तेरा मश्वुरा
है उनसे जो न दे कभी इक़रार[5] की सलाह

कहने पे कीजै पीरे-ख़राबात के[6] अमल
लीजे न ज़ाहिदाने-रियाकार की[7] सलाह

बरगश्ता-बख़्त[8] वो हूं कि बेचूं जो दिल को मैं
फिर जाए लेते-लेते ख़रीदार की सलाह

ठहरी थी उनके आने की फिर आज इस तरह
लेकिन न ठहरी उनके तरफ़दार की सलाह

क्या ज़िक्र अपने मुंह से निकालें वो एक बात
जब तक कि ऐ 'ज़फ़र' न हो दो-चार की सलाह

---

1. सहानुभूतिकर्ता की 2. उपचारक की मिन्नत करने वाला 3. केशराशि में 4. मिलन से इन्कार 5. स्वीकृति 6. मधुशाला के अध्यक्ष के 7. मक्कार विरक्त या पारसा की 8. अभागा

ہم مانتے ہیں کب کسی غمخوار کی صلاح
اپنی بھی ہے صلاح جو ہے یار کی صلاح

اس بے وفا کی ہو نہ سکے ترک دوستی
یہ ہم نے اور دل ہی نے کی یار کی صلاح

مر جائیے نہ ہوجیو منّت کشِ طبیب
اب تو یہی ہے اس ترے بیماری کی صلاح

کاکل میں دل پھنسے کہ گرفتارِ زلف ہو
فرمائیے جو اس میں ہو سرکار کی صلاح

انکارِ وصل کیوں کہ نہ ہو تیرا مشورہ
ہے ان سے جو نہ دے کبھی اقرار کی صلاح

کہنے پہ کیجیے رندِ خرابات کے عمل
لیجے نہ زاہدانِ ریاکار کی صلاح

برگشتہ بخت وہ ہوں کی بیچوں جو دل کو میں
پھر جائے لیتے لیتے خریدار کی صلاح

ٹھہری تھی ان کے آنے کی پھر آج اس طرح
لیکن نہ ٹھہری انکے طرف دار کی صلاح

کیا ذکر اپنے منھ سے نکالیں وہ ایک بات
جب تک کہ اے ظفر نہ ہو دو چار کی صلاح

ख़ाक उड़े ये दश्त[1] की मजनूं जो तेरा खाए चर्ख़[2]
चर्ख़ के नीचे बगूला दूसरा बन जाए चर्ख़

मेरा रोना देखकर हर रात तुझ बिन मह-लक़ा[3]
अश्क[4] अंजुम से न क्योंकर आंख में भर लाए चर्ख़

गर्दिशे-चश्म[6] उस महे-बेमेह की[7] दिखलाके चर्ख़
खूब सरगरदां[8] फिराया तूने मुझको हाए चर्ख़

चर्ख़ की बे-मेहरियों से[9] डर ये है ऐ माह-वश[10]
तू जो आवे मेरे घर ऐसा न हो सुन पाए चर्ख़

है मज़ा बरसात का तुझसे वगरना साक़िया
तीर बारिश से हैं बेहतर पर अगर बरसाए चर्ख़

चर्ख़ साग़र में[11] भरे किसकी मए-गुलरंगे-इश्क़[12]
हो गया ज़हराबे-ग़म से[13] सब्ज़ा मीनाए-चर्ख़[14]

जब तलक तुझको न देखें, देखें अब क्या-क्या हमें
आंखें दिखलाएं सितारे आफ़ते दिखलाए चर्ख़

आंख उस खुर्शीदवश[15] की फिर न जाए ऐ 'ज़फ़र'
उसकी कुछ परवा नहीं फिरता है गर फिर जाए चर्ख़

---

1. जंगल 2. आकाश, भाग्य 3. चांद की सी सूरत वाले माशूक़ 4. आंसू 5. सितारों से 6 आंखें फेर लेना 7. बेरहम चांद (माशूक़) की 8. हैरान-परेशान 9. अत्याचारों से 10. चांद ऐसे (सुन्दर) माशूक़ 11. प्याले में 12. इश्क़रूपी पुष्पवर्ण मदिरा 13. गुम-रूपी विषजल से 14. भाग्य अथवा आकाश रूपी सुराधानी 15. सूर्यरूपी (माशूक़)

خاک اڑے یہ دشت کی مجنوں جو تیرا کھائے چرخ
چرخ کے نیچے بگولہ دوسرا بن جائے چرخ

میرا رونا دیکھ کر ہر رات تجھ بن مہ لقا
اشک انجم سے نہ کیونکر آنکھ میں بھر لائے چرخ

گردشِ چشم اس مہِ بے مہر کی دکھلا کے چرخ
خوب سرگرداں پھرایا تو نے مجھکو ہائے چرخ

چرخ کی بے مہریوں سے ڈر یہ ہے کہ ماہ وش
تو جو آوے میرے گھر ایسا نہ ہو سن پائے چرخ

ہے مزا برسات کا تجھ سے وگرنہ ساقیا
تیر بارش سے ہیں بہتر پر اگر برسائے چرخ

چرخ ساغر میں بھرے کس کی مائے گل رنگِ عشق
ہو گیا زہر اب غم سے سبزۂ مینائے چرخ

جب تلک تجھکو نہ دیکھیں دیکھیں اب کیا کیا ہمیں
آنکھیں دکھلائے ستارے آفتیں دکھلائے چرخ

آنکھ اس خورشید وش کی پھر نہ جائے اے ظفؔر
اس کی کچھ پروا نہیں پھرتا ہے گر پھر جائے چرخ

मेरा तो हाल होना आपकी फ़ुर्क़त में[1] यूं ही था
मुझे शिकवा नहीं तुमसे मिरी क़िस्मत में यूं ही था

रक़ीब[2] अशफ़ाक़ पर[3] उनके अगर नाज़ां है होने दो
कि उनका ढंग हमसे भी कभी शफ़क़त में यूं ही था

उड़ाई ख़ाक हमने खूब थी मजनूं को क्या ताक़त
कि वो तो आ गया इस वादि-ए-वहशत में[4] यूं ही था

तुम अच्छे वक़्त आ पहुंचे वगरना हम तो मर जाते
इरादा हो चुका अपना ग़मे-फ़ुर्क़त में यूं ही था

दिले-बीमार हमने जब कहा था कर इलाज अपना
कि आया फ़र्क कुछ तेरी अभी ताक़त में यूं ही था

न थी जाए-गुरेज़[5] ऐ दिल अगर तुझको मोहब्बत में
तो आया तू अरे दीवाने इस आफ़त में यूं ही था

दिखाकर गैर को सूरत मुझे क्यों रश्क से[6] मारा
कि मैं तो मर रहा दीदार की हसरत में यूं ही था

'ज़फ़र' तुम देखते हो जिस तरह आईने को हैरा
कल उनको देखकर मैं भी रहा हैरत में यूं ही था

---

1. जुदाई में 2. प्रतिद्वन्द्वी 3. कृपाओं पर 4. दीवानगी के बियाबान में 5. पलायन की जगह या गुंजाइश 6. ईर्ष्या से

مرا تو حال ہونا آپ کی فرقت میں یوں ہی تھا
مجھے شکوہ نہیں تم سے مری قسمت میں یوں ہی تھا

رقیب اشفاق پر ان کے اگر نازاں ہے ہونے دو
کہ ان کا ڈھنگ ہم سے بھی کبھی شفقت میں یوں ہی تھا

اڑائی خاک ہم نے خوب تھی مجنوں کو کیا طاقت
کہ وہ تو آگیا اس وادیٔ وحشت میں یوں ہی تھا

تم اچھے وقت آپہنچے وگرنہ ہم تو مر جاتے
ارادہ ہو چکا اپنا غمِ فرقت میں یوں ہی تھا

دل بیمار ہم نے جب کہا تھا کر علاج اپنا
کہ آیا فرق کچھ تیری ابھی طاقت میں یوں ہی تھا

نہ تھی جائے گریز اے دل اگر تجھکو محبت میں
تو آیا تو ارے دیوانے اس آفت میں یوں ہی تھا

دکھا کر غیر کو صورت مجھ کیوں رشک سے مارا
کہ میں تو مر رہا دیدار کی حسرت میں یوں ہی تھا

ظفر تم دیکھتے ہو جس طرح آئینے کو حیراں
کل ان کو دیکھکر میں بھی رہا حیرت میں یوں ہی تھا

यार था, गुलज़ार[1] था, मय[2] थी, फ़िज़ा[3] थी, मैं न था
लाइके-पाबोसे-जानां[4], क्या हिना[5] थी, मैं न था

हाथ क्यों बांधे मिरे, छल्ला अगर चोरी गया
ये सरापा-शोख़ी[6] थी, दर्दे-हिना था, मैं न था

बेखुदी में ले लिया बोसा, ख़ता कीजै मुआफ़
ये दिले-बेताब की सारी ख़ता थी, मैं न था

मैं सिसकता रह गया और मर गए फ़रहाद-ओ-क़ैस[7]
क्या उन्हीं दोनों के हिस्से में क़ज़ा[8] थी, मैं न था

मैंने पूछा क्या हुआ वो आपका हुस्नो-शबाब
हंस के बोला वो सनम, शाने-खुदा थी, मैं न था

ऐ 'ज़फ़र' ये दिल पे मेरे दाग़ कैसा रह गया
ख़ाने-बाग़े-यार में ख़ल्क़े-खुदा[10] थी, मैं न था

---

1. वाटिका 2. मदिरा 3. वातावरण 4. सुन्दरी के पैरों को चूमने योग्य 5. मेहंदी 6. साकार चंचलता 7. मजनू 8. मृत्यु 9. प्रेयसी के बाग के एक भाग में 10. जनता

یار تھا، گلزار تھا، مے تھی، فضا تھی، میں نہ تھا
لائق پابوسِ جاناں، کیا حنا تھی میں نہ تھا

ہاتھ کیوں باندھے میرے چھلہ اگر چوری گیا
یہ سراپا شوخی تھی، دردِ حنا تھا میں نہ تھا

بے خودی میں لے لیا بوسہ خطا کیجے معاف
یہ دلِ بے تاب کی ساری خطا تھی میں نہ تھا

میں سسکتا رہ گیا اور مر گئے فرہاد و قیس
کیا انھیں دونوں کے حصے میں قضا تھی میں نہ تھا

میں نے پوچھا کیا ہوا وہ آپ کا حسن و شباب
ہنس کے بولا وہ صنم، شانِ خدا تھی میں نہ تھا

اے 'ظفر' یہ دل پہ میرے داغ کیسا رہ گیا
خانہ باغِ یار میں خلقِ خدا تھی میں نہ تھا

ग़मे-दिल किससे कहूं कोई भी ग़मख़्वार नहीं–
ग़मे-फुक़्त के[1] सिवा
और अगर पूछे कोई क़ाबिले-इज़्हार[2] नहीं–
चुप्का रहना है भला
मैं हूं आशिक़ मुझे ग़म खाने से इन्कार नहीं–
कि है गुम मेरी गिज़ा[3]
तू है माशूक़ तुझे ग़म से सरोकार नहीं–
खाए ग़म तेरी बला
जुल्फ़ के पेच से छूट सकता नहीं कोई दिल–
और ये पेच-पे-पेच
कौन-सा दिल है कि जो उसमें गिरफ़्तार नहीं–
है अजब[4] दामे-बला[5]
सैकड़ों हैं जिगर अफ़गार[6] हज़ारों दिल रेश[7]–
तेरे हाथों लेकिन
पास तेरे कोई खंज़र कोई तलवार नहीं–
हां मगर नाज़ो-अदा
मर मिटे ख़ाके-दरे-यार[8] पे उश्शाक़[9] 'जफ़र'–
कि जो होना हो सो हो
उठके अब जाएं कहां ताक़ते-रफ़्तार नहीं–
मिस्ले - नक़्शे - कफ़े - पा[11]

1. वियोग के, दुःख के 2. प्रकटन-योग्य 3. खाद्य पदार्थ 4. विचित्र 5. मुसीबतों का जाल 6, 7. घायल 8. प्रेयसी के दरवाज़े की धूल पर 9. आशिक़ 10. चलने की शक्ति 11. पद-चिह्न की तरह

غمِ دل کس سے کہوں کوئی بھی غم خوار نہیں

غمِ فرقت کے سوا

اور اگر پوچھے کوئی قابلِ اظہار نہیں

چپکا رہنا ہے بھلا

میں ہوں عاشق مجھے غم کھانے سے انکار نہیں

کہ ہے غم میری غذا

تو ہے معشوق تجھ غم سے سروکار نہیں

کھائے غم تیری بلا

زلف کے پیچ سے چھٹ سکتا نہیں کوئی دل

اور یہ پیچ پہ پیچ

کون سا دل ہے کہ جو اس میں گرفتار نہیں

ہے عجب دامِ بلا

سینکڑوں ہیں جگر افگار ہزاروں دل ریش

ترے ہاتھوں لیکن

پاس تیرے کوئی خنجر کوئی تلوار نہیں

ہاں مگر ناز و ادا

مر مٹے خاکِ درِ یار پہ عشاق 'ظفرؔ'

کہ جو ہونا ہو سو ہو

اٹھ کے اب جائیں کہاں طاقتِ رفتار نہیں

مثلِ نقشِ کفِ پا

जो अ़र्श[1] से है फ़र्श तलक[2] आदमी में है–
देख आंख खोलकर
क्या-क्या नहीं है इसमें कि सब कुछ इसी में है–
पर चाहिए नज़र
दिल अपना पहले जंगे-कदूरत से[3] साफ़ कर–
मानिन्दे आईना[4]
फिर तू ब-गौर देख कि इस आरसी में है–
क्या हुस्न जल्वागर
पैदा निगाह करकि तजल्ली-ए-हुस्ने-यार[5]
सबमें है आशकार[6]
शो'ले से तूर[7] के नहीं कम रौशनी में है–
हर रंग का शरर[8]
क्यों काबा-ओ-कनिश्त में सर मारता है तू–
सरगर्मे जुस्तजू[9]
तू जिसके ढूंढ़ता है छुपा वो तुझी में है–
पर तू है बेख़बर
ऐ खुदपरस्त[10] पूछता क्या है खुदा की राह–
है वो बहुत क़रीब

---

1. आकाश 2. धरती तक 3. ईर्ष्या-द्वेष रूपी जंग से 4. आईने की तरह 5. प्रेयसी के सौन्दर्य की ज्योति 6. प्रकाशित, प्रकट 7. एक पवित्र पहाड़ी (कोह सीना) जहां खुदा ज्योति के रूप में हज़रत मूसा के सामने प्रकट हुआ था 8. चिनगारी 9. खोज में मग्न 10. अभिमानी

جو عرش سے ہے فرش تلک آدمی میں ہے

دیکھ آنکھ کھول کر

کیا کیا نہیں ہے اس میں کی سب کچھ اسی میں ہے

پر چاہیے نظر

دل اپنا پہلے زنگ کدورت سے صاف کر

مانند آئینہ

پھر تو بغور دیکھ کہ اس آرسی میں ہے

کیا حسن جلوہ گر

پیدا نگاہ کر کے تجلی حسنِ یار

سب میں ہے آشکار

شعلے سے طور کے نہیں کم روشنی میں ہے

ہر رنگ کا شرر

کیا کعبہ و کنشت میں سر مارتا ہے تو

سرگرِم جستجو

تو جس کو ڈھونڈتا ہے چھپا وہ تجھی میں ہے

پر تو ہے بے خبر

اے خود پرست پوچھتا کیا ہے خدا کی راہ

ہے وہ بہت قریب

गुमकर्दा-राह[1] आ तू अपनी ख़ुदी[2] में है–
उससे है दूर-तर
अफ़शाए-राजे-इश्क़ न कर कहके जी की बात–
पर्दा ही ख़ूब है
जी में ही अपने रहने दे जो कुछ कि जी में है–
ख़ामोश ऐ 'ज़फ़र'

1. भटका हुआ राही 2. अहं 3. प्रेम का भेद प्रकट न कर

گم کردہ راہ آہ تو اپنی خودی میں ہے

اس سے ہے دور تر

افشائے رازِ عشق نہ کر کہہ کے جی کی بات

پردہ ہی خوب ہے

جی میں ہی اپنی رہنے دے جو کچھ کہ جی میں ہے

خاموش اے 'ظفرؔ'

सिखाई तुमको जो हैंगी बातें
हमारी जानिब[1] से आह उल्टी
इसी सबब से है मेरे साहब
तुम्हारी हमसे निगाह उल्टी
न कर तू कुछ दिल में अपने हरगिज़
खुदा जो चाहेगा वो ही होगा
बस अपनी क़िस्मत पे रह तू शाकिर[2]
वो ख़्वाह सीधी हो ख़्वाह उल्टी
अमल[3] कर इस पर रास्ती[4] ये
सुना बजुर्गों से है हमेशा
कभी न मंज़िल तलक वो पहुंचा
चला है जो कोई राह उल्टी
तुम्हारे दुश्मन मदाम[5] रोएं
'ज़फ़र' है तुम पर निगाह-ओ-अबरू
न होंगे सर-सब्ज़[6] भी वो हरगिज़
गवाही दे हैं, गवाह उल्टी

1. ओर 2. सन्तुष्ट 3. कार्य 4. सच्चाई 5. हमेशा 6. फूलना फलना

سکھائی تجھ کو جو ہینگی باتیں ہماری جانب سے آہ الٹی
اسی سبب سے ہے میرے صاحب تمہاری ہم سے نگاہ الٹی

نہ کر تو کچھ دل میں اپنے ہرگز خدا جو چاہے گا وہ ہی ہوگا
بس اپنی قسمت پہ رہ تو شاکر وہ خواہ سیدھی ہو خواہ الٹی

عمل کر اس پر یہ راستی ہے سنا بزرگوں سے ہے ہمیشہ
کبھی نہ منزل تلک وہ پہنچا چلا ہے جو کوئی راہ الٹی

تمہارے دشمن مدام روئیں 'ظفر' ہے تم پر نگاہ و آبرو
نہ ہوں گے سرسبز بھی وہ ہرگز گواہی دے ہیں گواہ الٹی

कब हुजूमे-ग़म से[1] मेरी जान घबराती नहीं
मैं तो मर जाऊं, करूं पर क्या कि मौत आती नहीं

कौन है जिसको नहीं डर आहे-सोजां का[2] मिरे
कांपता शो'ला नहीं या बर्क़[3] थर्राती नहीं

क्या हुआ बद-अस्ल[4] गर ज़ाहिर में है नेक-ओ-सिफ़ात[5]
जौहरे-ज़ाती पर[6] उनका ग़ैर-बदज़ाती[7] नहीं

साफ़ खूब-ओ-जिश्त[8] कह देता है मुंह पर आईना
बल[9] बेदीदे का[10] सफ़ाई आंख शरमाती नहीं

हम-सरी[11] करता है गुल[12] आरिज़ से[13] उसकी ऐ सबा[14]
दो तमांचे मार, कर तू उसको समझाती नहीं

पहुंचे हैं चाके-गिरेबां[15] ता बदामन[16] हर घड़ी
मैं कहूं क्योंकर कि वहशत[17] पांव फैलाती नहीं

यां तो हम बातें बनाते हैं हज़ारों ऐ 'ज़फ़र'
जा के वां कोई भी हमसे बात बन आती नहीं

---

1. ग़मों के आधिक्य से 2. जलती आह का 3. बिजली 4. दुष्ट 5. अच्छी आदत वाला 6. व्यक्तिगत गुण पर 7. धृष्टता के बिना 8. भला-बुरा 9. लेकिन 10. आंख न रखने वाले (दृष्टिहीन) का 11. बराबरी 12. फूल 13. कपोलों से 14. प्रभात समीर 15. फटे वस्त्रों वाले 16. शरीर के नीचे तक 17. पागलपन

کب ہجومِ غم سے میری جان گھبراتی نہیں
میں تو مر جاوں کروں پر کیا کہ موت آتی نہیں

کون ہیں جس کو نہیں ڈر آہِ سوزاں کی مرے
کانپتا شعلہ نہیں یا برف تھراتی نہیں

کیا ہوا بد اصل گر ظاہر میں ہے نیک و صفات
جوہرِ ذاتی پر ان کا غیر بد ذاتی نہیں

صاف خوب وزشت کہہ دیتا ہے منہ پر آئینہ
بل بے دیدے کی صفائی آنکھ شرماتی نہیں

ہم ساری کرتا ہے گل عارض سے اس کی اے صبا
دو طمانچے مار کر تو اسکو سمجھاتی نہیں

پہنچے ہیں چاک گریباں تابدامن ہر گھڑی
میں کہوں کیونکر کہ وحشت پاؤں پھیلاتی نہیں

یاں تو ہم باتیں بناتے ہیں ہزاروں اے 'ظفر'
جا کے واں کوئی بھی ہم سے بات بن آتی نہیں

नहीं है दर्द मुझे और कुछ सिवाए फ़िराक़[1]
तवींब[2] तुझसे अगर हो तो कर दवाए-फ़िराक़[3]

बहाए चश्म से[4] दरिया भी वो तो बुझ न सके
ज़िगर में आग किसी के अगर लगाए फ़िराक़

तिरे फ़िराक़-जूदों के[5] मज़ार से ताहश्र[6]
अज़ब नही ये निकले सदा[7] कि हाए फ़िराक़

फ़िराक़ मुझको सताता है या फ़िराक़ को मैं
यूं ही सताऊं अगर मिरे हाथ आए फ़िराक़

विसाल[8] भी जो मयस्सर[9] हुआ तो खुश न हुआ
ग़मे-फ़िराक़ के डर से ये मुब्तला-ए-फ़िराक़[10]

किया खुदाए-जहां-आफ़रीं ने[10] है पैदा
फ़िराक़ मेरे लिए और मुझे बराए-फ़िराक़[12]

डरा न रोजे-क़ियामत से[13] तू मुझे वाइज़[14]
कि मैंने देखे हैं कितने ही रोज़-हाए-फ़िराक़[15]

---

1. विरह 2. उपचारक 3. विरह की चिकित्सा 4. आंखों से 5. विरह के मारे हुओं के 6. क़यामत तक 7. आवाज़ 8. मिलन 9. प्राप्त 10. विरह-ग्रस्त 11. संसार बनाने वाले भगवान ने 12. विरह के लिए 13. प्रलय-दिवस से 14. धर्मोपदेशक 15. विरह-दिवस

نہیں ہے درد مجھے اور کچھ سوائے فراق
طبیب تجھ سے اگر ہو تو کر دوائے فراق

بہائے چشم سے دریا بھی وہ تو بجھ نہ سکے
جگر میں آگ کسی کے اگر لگائے فراق

ترے فراق زدوں کے مزار سے تا حشر
عجب نہیں یہ نکلے صدا کی ہائے فراق

فراق مجھ کو ستاتا ہے یا فراق کو میں
یونہی ستاؤں اگر میرے ہاتھ آئے فراق

وصال بھی جو میسر ہوا تو خوش نہ ہوا
غمِ فراق کے ڈر سے یہ مبتلائے فراق

کیا خدائے جہاں آفریں نے ہے پیدا
فراق میرے لیے اور مجھے برائے فراق

ڈرا نہ روزِ قیامت سے تو مجھے واعظ
کی میں نے دیکھے ہیں کتنے ہی روزِ ہائے فراق

खुदरफ़्तगां को[1] रोके कोई क्या किसी तरह
चल निकले पर क़दम नहीं थकता किसी तरह

सोज़े-ग़मे-फ़िराक़[2] से दिल इस तरह जला
फिर हो सका किसी से न ठंडा किसी तरह

नालों से[3] मेरे आब[4] हुए संग[5] बारहा
उस संग-दिल का दिल न पसीजा किसी तरह

मैं ख़ाक होके इश्क़ में बरबाद हो गया
दामन तलक पे उसके न पहुंचा किसी तरह

समझाया तूने हमको तो सौ तरह नासेहा[6]
लेकिन हमारा दिल नहीं समझा किसी तरह

बे-तरह दामे-ज़ुल्फ़े-बुतां में[7] हुआ असीर[8]
छूटे ये इस बला से खुदाया किसी तरह

रोते ही रोते टूट गया रिश्ता-ए-हयात[9]
पर आंसुओं का तार न टूटा किसी तरह

टेढ़ा है इक ज़माने से गर्दूं[10], अगर बने
उसको 'ज़फ़र' बनाए सीधा किसी तरह

---

1. स्वयं अपना मार्ग बनाने वाले को 2. वियोग के दुख की जलन 3. आर्तनाद से 4. पानी 5. पत्थर 6. उपदेशक 7. माशूक़ की ज़ुल्फ़ों के जाल 8. कैद 9. जीवन-सूत्र 10. आकाश

خود رفتگاں کو روکے کوئی کیا کسی طرح
چل نکلے پر قدم نہیں تھکتا کسی طرح

سوزِ غمِ فراق سے دل اس طرح جلا
پھر ہو سکا کسی سے نہ ٹھنڈا کسی طرح

نالوں سے میرے آب ہوئے سنگ بارہا
اس سنگ دل کا دل نہ پسیجا کسی طرح

میں خاک ہو کے عشق میں برباد ہو گیا
دامن تلک پہ اس کے نہ پہنچا کسی طرح

سمجھایا تو نے ہم کو تو سو طرح ناصحا
لیکن ہمارا دل نہیں سمجھا کسی طرح

بے طرح دامِ زلفِ بتاں میں ہوا اسیر
چھوٹے یہ اس بلا سے خدایا کسی طرح

روتے ہی روتے ٹوٹ گیا رشتۂ حیات
پر آنسوؤں کا تار نہ ٹوٹا کسی طرح

ٹیڑھا ہے اک زمانہ سے گردوں اگر بنے
اسکو 'ظفر' بنائیے سیدھا کسی طرح

यही एक ग़म है यही इक अ़लम[1] है
यही इक अ़लम है यही एक ग़म है

मेरी चश्म नम है[2] इसी रंज-ओ-ग़म में
इसी रंज-ओ-ग़म में मेरी चश्म नम है

मुझे दमबदम है यही इक तरद्दुद
यही इक तरद्दुद मुझे दमबदम[4] है

ख़फ़ा क्यों सनम[5] है नहीं भेद खुलता
नहीं भेद खुलता ख़फ़ा क्यों सनम है

खुदा की क़सम है ये कहता हूं सच मैं
ये कहता हूं सच मैं खुदा की क़सम है

सितम[6] ही करम[7] है मुझे उस सनम का
मुझे उस सनम का सितम ही करम है

किया कब रक़म है[8] कोई शिकवा मैंने
कोई शिकवा मैंने किया कब रक़म है

वो करता क़लम है[9] मिरे हाथ नाहक़[10]
मिरे हाथ नाहक़ वो करता क़लम है

'ज़फ़र' क्या सितम है हुआ दोस्त दुश्मन
हुआ दोस्त दुश्मन 'ज़फ़र' क्या सितम है

---

1. दुःख, व्यथा 2. आंखें सजल हैं 3. चिन्ता 4. प्रतिक्षण 5. माशूक़ 6. अत्याचार 7. कृपा 8. लिखा है 9. काटता है 10. व्यर्थ

یہی ایک غم ہے یہی ایک الم ہے
یہی ایک الم ہے یہی ایک غم ہے

مری چشم نم ہے اسی رنج و غم میں
اسی رنج و غم میں مری چشم نم ہے

مجھے دم بہ دم ہے یہی ایک تردّد
یہی ایک تردّد مجھے دم بہ دم ہے

خفا کیوں صنم ہے نہیں بھید کھلتا
نہیں بھید کھلتا خفا کیوں صنم ہے

خدا کی قسم ہے یہ کہتا ہوں سچ میں
یہ کہتا ہوں سچ میں خدا کی قسم ہے

ستم ہی کرم ہے مجھے اس صنم کا
مجھے اس صنم کا ستم ہی کرم ہے

کیا کب رقم ہے کوئی شکوہ میں نے
کوئی شکوہ میں نے کیا کب رقم ہے

وہ کرتا قلم ہے مرے ہاتھ ناحق
مرے ہاتھ ناحق وہ کرتا قلم ہے

'ظفرؔ' کیا ستم ہے ہوا دوست دشمن
ہوا دوست دشمن 'ظفرؔ' کیا ستم ہے

हमदमो इश्क़ की न पूछो शत
जान दीजे तो कुछ अदा हो शर्त

ख़ू[1] तुम्हारी न जाएगी बदली
इसमें जो चाहो हमसे बद लो शर्त

अपनी हमको रिहाई है मंजूर
वर्ना तुम और हमसे जीतो शर्त

दिले-बीमार के इलाज में है
वस्ले-दिलदार में[2] तबीबो[3] शर्त

दिल बंधा जुल्फ़ से नहीं छुटता
उसके छुटने पे तुम न बांधो शर्त

यूं किसी को है कौन देता दिल
दिलबरी भी है दिलरुबा को शर्त

उसका दुश्वार है वज़ा लाना
है मोहब्बत की ऐ 'ज़फ़र' ख़ू[4] शर्त

---

1. आदत 2. माशूक़ के मिलन में 3. चिकित्सको 4. खून बहाना

ہمدمو عشق کی نہ پوچھو شرط
جان دیجے تو کچھ ادا ہو شرط

خوٗ تمہاری نہ جائے گی بدلی
اس میں جو چاہے ہم سے بدلو شرط

اپنی ہم کو رہائی ہے منظور
ورنہ تم اور ہم سے جیتو شرط

دلِ بیمار کے علاج میں ہے
وصلِ دل دار میں طبیبو شرط

دل بندھا زلف سے نہیں چھٹتا
اس کے چھٹنے پہ تم نہ باندھو شرط

یوں کسی کو ہے کون دیتا دل
دلبری بھی ہے دلربا کو شرط

اس کا دشوار ہیں وضع لانا
ہے محبت کی اے 'ظفرؔ' خو شرط

बराबर अपना है हर एक यार से इख़्लास[1]
न ये कि चार से नफ़रत तो चार से इख़्लास

जो मेरा दुश्मने-जां है वो है उसी का दोस्त
करे है कब वो किसी दोस्तदार से इख़्लास

न बोल मुझसे तू नासेह[2] कि मैं हूं दीवाना
तू होशियार है कर होशियार से इख्लास

बगैर रंजो-मुसीबत सिवाय हसरतो-यास
रखे है कौन दिले-बेक़रार से इख़्लास

गुरूर था हमें क्या अपनी पारसाई का !
न था हमारा जब इस बादा-ख़्वार से[3] इख़्लास

जहां में जितने कि हैं बदनसीबो-बदक़िस्मत
'ज़फ़र' वो रखते हैं इस बद-शिआर से[4] इख़्लास

---

1. मैत्री, खुलूस 2. उपदेशक 3. शराबी से 4. बुरे आचरण वाले से

برابر اپنا ہے ہر ایک یار سے اخلاص
نہ یہ کہ چار سے نفرت تو چار سے اخلاص

جو میرا دشمنِ جاں ہے وہ اس کا دوست
کرے ہے کب وہ کسی دوست دار سے اخلاص

نہ بول مجھ سے تو ناصح کہ میں ہوں دیوانہ
تو ہوشیار ہے کر ہوشیار سے اخلاص

بغیر رنج و مصیبت سوائے حسرت و یاس
رکھے ہے کون دلِ بے قرار سے اخلاص

غرور تھا ہمیں کیا اپنی پارسائی کا
نہ تھا ہمارا جب اس بادہ خوار سے اخلاص

جہاں میں جتنے کہ ہیں بد نصیب و بد قسمت
'ظفرؔ' وہ رکھتے ہیں اس بد شعار سے اخلاص

क़द्र ऐ इश्क़ रहेगी तेरी क्या मेरे बाद
कि तुझे कोई न पूछेगा ज़रा मेरे बाद

ज़ख़्म पर दिल के गवारा है मुझे गो ये नमक
कौन चक्खेगा मोहब्बत का मज़ा मेरे बाद

दरे-जानां से[1] मिरी ख़ाक न करना बरबाद
देख, जाना न उधर बादे-सबा[2] ! मेरे बाद

मेरे दम तक है तिरा ऐ दिले-बीमार इलाज
कोई करने का नहीं तेरी दवा मेरे बाद

इस सितमगर ने मुझे जुर्मे-वफ़ा पर मारा
कोई लेने का नहीं नामे-वफ़ा मेरे बाद

ऐ 'ज़फ़र' क्योंकि मोहब्बत को न हो ग़म तेरा
कोई ग़मख़्वारे-मोहब्बत[3] न हुआ मेरे बाद

---

1. प्रेयसी के दरवाजे से 2. प्रभात समीर 3. इश्क़ का हितैषी

قدر اے عشق رہے گی تری کیا میرے بعد
کہ مجھے کوئی نہ پوچھے گا ذرا میرے بعد

زخم پر دل کے گوارا ہے مجھے گو یہ نمک
کون چکھے گا محبت کا مزا میرے بعد

در جاناں سے مری خاک نہ کرنا برباد
دیکھ جانا نہ ادھر بادِ صبا میرے بعد

میرے دم تک ہے ترا اے دلِ بیمار علاج
کوئی کرنے کا نہیں تیری دوا میرے بعد

اس ستم گر نے مجھے جرمِ وفا پر مارا
کوئی لینے کا نہیں نامِ وفا میرے بعد

اے 'ظفرؔ' کیونکہ محبت کو نہ ہو غم تیرا
کوئی غمخوارِ محبت نہ ہوا میرے بعد

न दाइम[1] ग़म है नै इश्रत[2] कभी यों है कभी वों है
दबदुल[3] यां हैं हर साअत[4] कभी यों है कभी वों है

गिरेबां चाक हो गाहे[5], उड़ाता ख़ाक हो गाहे
लिए फिरती मुझे वहशत कभी यों है कभी वों है

जो शक्ले-शीशा गिरिया हूं[6] तो मिस्ले-जाम ख़दा हूं[7]
यही है यां की कैफ़ियत[8] कभी यों है कभी वों है

किसी वक़्त अश्क हैं जारी, किसी वक़्त आह और ज़ारी[9]
ग़र्ज़ हाले-ग़मे-फुरक़त[10] कभी यों है कभी वों है

कोई दिन है बहारे-गुल[11], फिर आख़िर है ख़िज़ां[12] बिलकुल
चमन है मंज़िले-इब्बत[13] कभी यों है कभी वों है

'ज़फ़र' इक बात पर दाइम[14] वो होवे किस तरह क़ाइम
जो अपनी फेरता नीयत कभी यों है कभी वों है

---

1. स्थायी 2. ऐश्वर्य, सुख-चैन 3. परिवर्तन 4. क्षण 5. कभी 6. शराब की बोतल की तरह रो रहा हूं 7. शराब के प्याले की तरह हंस रहा हूं 8. स्थिति 9. आर्तनाद 10. बिछोह के ग़म का हाल 11. वसन्त ऋतु 12. पतझड़ 13. शिक्षा-स्थान 14. स्थायी

نہ دائمؔ غم ہے نے عشرت کبھی یوں ہے کبھی ووں ہے
تبدّل یاں ہے ہر ساعت کبھی یوں ہے کبھی ووں ہے

گریباں چاک ہو گا ہے اڑاتا خاک ہو گا ہے
لیے پھرتی مجھے وحشت کبھی یوں ہے کبھی ووں ہے

جو شکل شیشہ گریاں ہوں تو مثلِ جام خنداں ہوں
یہی ہے یاں کی کیفیّت کبھی یوں ہے کبھی ووں ہے

کوئی دن ہے بہارِ گل پھر آخر ہے خزاں بالکل
چمن ہے منزلِ عبرت کبھی یوں ہے کبھی ووں ہے

'ظفر' اک بات پر دائمؔ وہ ہوئے کس طرح قائم
جو اپنی پھیرتا نیّت کبھی یوں ہے کبھی ووں ہے

हम नए ही आज ऐ सैयाद[1] क्या पकड़े गए
बारहा[2] छूटे क़फ़स से[3] बारहा पकड़े गए

तेरे कूचे में गए ख़त जब सुना पकड़े गए
कुछ मिरे यारों के दिल ऐ दिलरुबा पकड़े गए

ज़ुल्फ़ को छेड़ा सबा ने[4] है हमारी क्या ख़ता
हम गिरफ़्तारे-वला[5] हैं बेख़ता[6] पकड़े गए

तेरे झोंके ले गए आख़िर ज़रे-गुल[7] सब उड़ा
पै[8] आदी चोर ऐ बादे-सबा पकड़े गए

क्यों हंसी थी ऐ सबा सुनकर फ़ग़ाने-अन्दलीब[9]
कान गुलशन में गुलों के[10] जो सदा पकड़े गए

हमसे चोरी करके ज़ुल्फ़े-यार में जाते थे ये
हज़रते-दिल ऐ 'ज़फ़र' अच्छा हुआ पकड़े गए

---

1. शिकारी 2. कई बार 3. पिंजरे से 4. प्रभात समीर ने 5. आपत्तियों में फंसे हुए 6. निर्दोष 7. पुष्प-पराग 8. पर 9. बुलबुल का आर्तनाद 10. फूलों के

ہم نئے ہی آج اے صیاد کیا پکڑے گئے
بارہا چھوٹے قفس سے بارہا پکڑے گئے

تیرے کوچے میں گئے خط جب سنا پکڑے گئے
کچھ مرے یاروں کے دل اے دلربا پکڑے گئے

زلف کو چھیڑا صبا نے ہے ہماری کیا خطا
ہم گرفتارِ بلا ہیں بے خطا پکڑے گئے

تیرے جھونکے لے گئے آخر زرِ گل سب اڑا
پر نہ عادی چور اے بادِ صبا پکڑے گئے

کیوں ہنسی تھی اے صبا سنکر فغانِ عندلیب
کان گلشن میں گلوں کے جو سدا پکڑے گئے

ہم سے چوری کرکے زلفِ یار میں جاتے تھے یہ
حضرتِ دل اے 'ظفؔر' اچھا ہوا پکڑے گئے

क्या ख़िजां आई चमन में हर शजर[1] जाता रहा
चैन और मेरे जिगर का भी सबर जाता रहा

क्या खुशी हर एक को थी कर रहे थे सब दुआ
जब घुसी फ़ौजे-नसारा[2] हर असर जाता रहा

क्यों न तड़पे वो हुआ[3] अब दाम में[4] सय्याद के[5]
बैठना दो-दो पहर अब तख़्त पर जाता रहा

शाम को गुंचा खिला था चौक के बाज़ार में
अब वहां पर यां खुदा ! लाखों का सर जाता रहा

रहते-रहते शहर में शम्सो-क़मर[6] हूरो-परी
लूटकर उनको कोई लेकर किधर जाता रहा

आगींथा[7] ये शहर देहली, अब हुआ उजड़ा दियार[8]
क्यों 'ज़फ़र' ये क्या हुआ जोबन किधर जाता रहा

---

1. पेड़ 2. अंग्रेज़ों की सेना 3. एक कल्पित पक्षी जिसके बारे में कहा जाता है कि जिसके सिर पर उसकी छाया पड़ जाए वह बादशाह हो जाता है 4. जाल में 5. शिकारी के 6. चांद-सूरज 7. भरापूरा 8. देश

کیا خزاں آئی چمن میں ہر شجر جاتا رہا
چین اور میرے جگر کا بھی صبر جاتا رہا

کیا خوشی ہر ایک کو تھی کر رہے تھے سب دعا
جب گھسی فوجِ نصاریٰ ہر اثر جاتا رہا

کیوں نہ تڑپے وہ ہوا اب دام میں صیاد کے
بیٹھنا دو دو پہر اب تخت پر جاتا رہا

شام کو غنچہ کھلا تھا چوک کے بازار میں
اب وہاں پر یا خدا! لاکھوں کا سر جاتا رہا

رہتے رہتے شہر میں شمس و قمر حور و پری
لوٹ کر ان کو کوئی لے کر کدھر جاتا رہا

آگے تھا یہ شہر دہلی اب ہوا اُجڑا دیار
کیوں 'ظفرؔ' یہ کیا ہوا جوبن کدھر جاتا رہا

निबाह बात कर उस हीलागर[1] से कुछ न हुआ
इधर से क्या हुआ पर उधर से कुछ न हुआ

जवाब साफ़ तो लाता अगर न लाता खत
लिखा नसीब का जो नामाबर[2] से कुछ न हुआ

बला से गिरिया-ए-शब[3] तू ही कुछ असर करता
अगरचे इश्क़ में आहे-सहर से[4] कुछ न हुआ

जला-जला के किया शमुअ-सा[5] तमाम मुझे
बस और तो मुझे सोज़े-जिगर से[6] कुछ न हुआ

उठाया इश्क़ में क्या क्या न दर्दे-सर मैंने
हुसूल[7] पर मुझे इस दर्दे-सर से कुछ न हुआ

न दूंगा दिल उसे मैं ये हमेशा कहता था
वो आज ले ही गया और 'ज़फ़र' से कुछ न हुआ

---

1. बहानेबाज़ 2. पत्रवाहक 3. रात के आंसू 4. सुबह की आहों से 5. दीपक की तरह 6. दिल की जलन से 7. प्राप्त

نباہ بات کر اس حیلہ گر سے کچھ نہ ہوا
ادھر سے کیا ہوا پر ادھر سے کچھ نہ ہوا

جواب صاف تو لاتا اگر نہ لاتا خط
لکھا نصیب کا جو نامہ بر سے کچھ نہ ہوا

بلا سے گریۂ شب تو ہی کچھ اثر کرتا
اگرچہ عشق میں آہِ سحر سے کچھ نہ ہوا

جلا جلاکے کیا شمع سا تمام مجھے
بس اور تو مجھے سوزِ جگر سے کچھ نہ ہوا

اٹھایا عشق میں کیا کیا نہ دردِ سر میں نے
حصول پر مجھے اس دردِ سر سے کچھ نہ ہوا

نہ دونگا دل اسے میں یہ ہمیشہ کہتا تھا
وہ آج لے ہی گیا اور ظفرؔ سے کچھ نہ ہوا

हमेशा है वस्ल-ओ-जुदाई का[1] धन्दा
बुतों की[2] है उल्फ़त ख़ुदाई का धन्दा

अगर बैठे रिन्दों की[3] सोहबत[4] में जाहिद[5]
तो दे छोड़ सब पारसाई का धन्दा

जो होना है आखिर वो होकर रहेगा
करे कौन बख़्त-आज़माई[6] का धन्दा

परेशां रही उम्र भर पर न छोड़ा
तेरी ज़ुल्फ़ ने कज-अदाई का[7] धन्दा

नहीं खिज्र[8] के पीछे गर और झगड़े
तो है साथ इक रहनुमाई[9] का धन्दा

'ज़फ़र' इससे बेहतर है ना-आशनाई[10]
कि मुश्किल है ये आशनाई का धन्दा

---

1. मिलने और बिछुड़ने का 2. माशूक़ों की 3. मद्यपों की संगति 5. विरक्त 6. भाग्य-परीक्षा 7. टेढ़ेपन का 8. एक पैग़म्बर का नाम : पथ-प्रदर्शक 9. पथ-प्रदर्शन 10. अपरिचितता

ہمیشہ ہے وصل و جدائی کا دھندا
بتوں کی ہے الفت خدائی کا دھندا

اگر بیٹھے رندوں کی صحبت میں زاہد
تو دے چھوڑ سب پارسائی کا دھندا

جو ہونا ہیں آخر وہ ہوکر رہے گا
کرے کون بخت آزمائی کا دھندا

پریشاں رہی عمر بھر پر نہ چھوڑا
تیری زلف نے کج ادائی کا دھندا

نہیں خضر کے پیچھے گر اور جھگڑے
تو ہے ساتھ ایک رہنمائی کا دھندا

'ظفر' اس سے بہتر ہے ناآشنائی
کہ مشکل ہے یہ آشنائی کا دھندا

ग़मो-हसरत के जल्से में दिल अपना मैं जलाता हूँ
जो महफ़िल है तो बस ये शमूए-महफ़िल है तो बस ये है

जो क़स्दे-मंज़िले-मक़सूद[1] है तो इश्क़ पैदा कर
कि इस मंज़िल में ऐ दिल मीरे-मंज़िल है तो बस ये है

अगर है देखना उसको उठा दे अपनी हस्ती से
अगर तुझमें और उसमें हाइल है तो बस ये है

किनारे गोर के[3] जब इश्क़ में पहुंचे तो ये जाना
कि इस दरिया-ए-बेपायां का[4] साहिल है तो बस ये है

दिले-इन्सां न क्योंकर मसनद-आरा-ए-मोहब्बत हो[5]
कि ये मनसब[6] है आला इसके क़ाबिल है तो बस ये है

मोहब्बत में कमाल ऐसा 'ज़फ़र' पहुंचा गया मजनूं
कि फ़न्ने-इश्क़ में[7] उस्तादे-कामिल[8] है तो बस ये है

---

1. मंज़िल पर पहुंचने का संकल्प 2. मंज़िल का पथ-प्रदर्शक 3. कब्र के अथाह सागर का 5. प्रेम के सिंहासन पर सुशोभित हो 6. पद 7. प्रेम की कला में 8. दक्ष गुरु

غمِ حسرت کے جلسے میں دل اپنا میں جلاتا ہوں
جو محفل ہے تو بس یہ شام محفل ہے تو بس یہ ہے

جو قصد منزلِ مقصود ہے تو عشق پیدا کر
کہ اس منزل میں اے دل میری منزل ہے تو بس یہ ہے

اگر ہے دیکھنا اس کو اٹھا دے اپنی ہستی سے
اگر تجھ میں اور اس میں کوئی حائل ہے تو بس یہ ہے

کنارے گور کے جب عشق میں پہنچے تو یہ جانا
کہ اس دریائے بے پایاں کا ساحل ہے تو بس یہ ہے

دلِ انساں نہ کیونکر مسند آرائے محبت ہو
کی یہ منصب ہے اعلیٰ اس کے قابل ہے تو بس یہ ہے

محبت میں کمال ایسا 'ظفرؔ' پہنچا گیا مجنوں
کی فنِ عشق میں استاد کامل ہے تو بس یہ ہے

नसीब[1] ऐसा तो सोज़े-जिगर[2] किसी को न हो
कि जल के खाक हो दिल और ख़बर किसी को न हो

जले रकीब[3] दिल उसका न मोम हो ऐ आह
ये क्या किसी को होवे असर किसी को न हो

जो एक ऐब हो देखें हज़ार गौर से यार
सितम है लाख हुनर पर नज़र किसी को न हो

तमाम सूद[4] है सौदा दुकाने-हस्ती का[5]
जो तुझसे नफ़ा हो सब को ज़रर[6] किसी को न हो

हज़ार रंज-ओ-अलम हों तो सब गवारा हैं
किसी का दर्दे-जुदाई मगर किसी को न हो

जो दाग दिल पे हो तो ज़ख़्म हो जिगर पर भी
कि हो तो सबको नहीं ऐ 'ज़फ़र किसी को न हो

---

1. भाग्य 2. दिल की जलन 3. प्रतिद्वन्द्वी 4. लाभ 5. जीवन-रूपी दुकान का 6. हानि

نصیب ایسا تو سوزِ جگر کسی کو نہ ہو
کہ جل کے خاک ہو دل اور خبر کسی کو نہ ہو

جلے رقیب، دل اس کا نہ موم ہو اے آہ
یہ کیا کسی کو تو ہووے اثر کسی کو نہ ہو

جو ایک عیب ہو دیکھیں ہزار غور سے یار
ستم ہے لاکھ ہنر پر نظر کسی کو نہ ہو

تمام سُود ہے سودا دکانِ ہستی کا
جو تجھ سے نفع ہو سب کو ضرر کسی کو نہ ہو

ہزار رنج و عالم ہوتو سب گوارا ہیں
کسی کا دردِ جدائی مگر کسی کو نہ ہو

جو داغ دل پہ ہو تو زخم ہو جگر پر بھی
کہ ہو تو سب کو نہیں اے 'ظفرؔ' کسی کو نہ ہو

हाल नहीं कुछ खुलता मेरा कौन हूं, क्या हूं, कैसा हूं
मस्त हूं या हुशियारों में हूं नादां[1] हूं, या दाना[2] हूं

कान से सबकी सुनता हूं और मुंह से कुछ नहीं कहता हूं
होश भी है बेहोश भी हूं कुछ जागता हूं कुछ सोता हूं

कैसा रंज और कैसी राहत किसकी शादी[3] किसका ग़म
ये भी नहीं मालूम मुझे मैं जीता हूं या मरता हूं

कारे-दीं[4] कुछ बन नहीं आता दावा है दींदारी का[5]
दुनिया से बेज़ार[6] हूं लेकिन रखता ख़्वाहिशे-दुनिया हूं

यार हो मेरे दिल में और मैं का'बा में बुतखाने में[7]
घर में वो मौजूद है और मैं घर-घर ढूंढ़ता फिरता हूं

कुछ भी नहीं और सब कुछ हूं गर देखो चश्मे-हक़ीक़त से[8]
मैं हूं 'ज़फर' मसजूदे-मलायक[9] गरचे खाक का पुतला हूं

1. मूर्ख 2. बुद्धिमान 3. प्रसन्नता 4. धर्म-कार्य 5. धर्मियों का 6. असन्तुष्ट 7. मंदिर में 8. सच्ची दृष्टि से 9. जिसे फ़रिश्तों ने सिजदा किया हो

حال نہیں کچھ نہیں کھلتا میرا کون ہوں، کیا ہوں، کیسا ہوں
مست ہوں یا ہشیار ہوں میں ناداں ہوں یا دانا ہوں

کان سے سب کی سنتا ہوں اور منھ سے کچھ نہیں کہتا ہوں
ہوش بھی ہے بیہوش بھی ہوں کچھ جاگتا ہوں کچھ سوتا ہوں

کیسا رنج اور کیسی راحت کس کی شادی کس کا غم
یہ بھی نہیں معلوم مجھے میں جیتا ہوں یا مرتا ہوں

کارِ دیں کچھ بن نہیں آتا دعویٰ ہے دینداری کا
دنیا سے بے زار ہوں لیکن رکھتا خواہشِ دنیا ہوں

یار ہے میرے دل میں اور میں کعبہ میں بت خانے میں
گھر میں وہ موجود ہے اور میں گھر گھر ڈھونڈتا پھرتا ہوں

کچھ بھی نہیں اور سب کچھ ہوں گر دیکھو چشمِ حقیقت سے
میں ہوں 'ظفر' مسجودِ ملائک گرچہ خاک کا پتلا ہوں

नै[1] है बुतखाने में[2] नै का'बे में है जो दिल में है
और अगर दिल ही के अन्दर कुछ नहीं तो कुछ नहीं

ग़म है क्या साक़ी ! कि हस्ती का[3] नहीं कुछ एतिबार
तू दिए जा भर के सागर[4] कुछ नहीं तो कुछ नहीं

खूबी-ए-तक़दीर[5] के हैं साथ सारी खूबियां !
मेरा गर ऐ दिल मुक़द्दर[6] कुछ नहीं तो कुछ नहीं

ग़म नहीं होने न होने का कि बेपरवा हैं हम
है तो है सब कुछ मयस्सर[7] कुछ नहीं तो कुछ नहीं

खूबी-ए-जौहर से[8] है इन्सां की क़द्र-ओ-मन्ज़िलत[9]
और इनमें खूब जौहर कुछ नहीं तो कुछ नहीं

तुम जो कहते हो 'ज़फ़र' को कुछ नहीं ये आदमी
खैर बेहतर, बन्दा-परवर, कुछ नहीं तो कुछ नहीं

---

1. न 2 मन्दिर में 3. जीवन का 4. मदिरा-पात्र 5. सौभाग्य 6. भाग्य 7. प्राप्त 8. सद्गुणों के कारण 9. आदर-सत्कार

نے ہے بت خانے میں نہ کعبہ میں ہے جو دل میں ہے
اور اگر دل ہی کے اندر کچھ نہیں تو کچھ نہیں

غم ہے کیا ساقی! کہ ہستی کا نہیں کچھ اعتبار
تو دیے جا بھر کے ساغر کچھ نہیں تو کچھ نہیں

خوبیِ تقدیر کے ہیں ساتھ ساری خوبیاں!
میرا گر اے دل مقدر کچھ نہیں تو کچھ نہیں

غم نہیں ہونے نہ ہونے کا کہ بے پروا ہیں ہم
ہے تو ہے سب کچھ میسر کچھ نہیں تو کچھ نہیں

خوبیِ جوہر سے ہے انساں کی قدر و منزلت
اور ان میں خوب جوہر کچھ نہیں تو کچھ نہیں

تم جو کہتے ہو 'ظفرؔ' کو کچھ نہیں یہ آدمی
خیر بہتر بندہ پرور کچھ نہیں تو کچھ نہیں

गर्चे-ग़र्के-अश्क-तर[1] है गिरिया की शिद्दत में[2] शम्अ
जलती है तिसपर भी लेकिन सोज़िशे-उल्फ़त में[3] शम्अ

कुछ न हो परवा जुदाई की मिरे इस यार को
यूं जले परवाने के सोजे-ग़मे-फुक़्त में[4] शम्अ

कौन है जिसको जलाता, अपने सोज़-इश्क़ से[5]
लेक[6] जलना ही लिखा था ये मिरी क़िस्मत में शम्अ

क़ब्र पर, मेरी बला से, गर नहीं जलती चिराग़
सोज़िशे-दिल से[7] तो रौशन है मिरी तुबेत[8] में शम्अ

कट गया सर, खुल गया तन, जल गया दिल क्या मिरे
इश्क़ के बाइस[9] ये अब तो आ गई आफ़त में शम्अ

ऐ ज़फ़र रखती है अपना नाम रौशन बज़्म में[10]
गो[11] तहे-फ़ानूस[12] है इक गोशा-ए-उज़्लत में[13] शम्अ

---

1. आंसुओं में डूबी हुई 2. आर्तनाद की प्रचंडता में 3. प्रेम की जलन में 4. बिछोह के दुःख की अग्नि में 5. प्रेमाग्नि से 6. लेकिन 7. दिल की जलन से 8. क़ब्र या मज़ार 9. कारण 10. महफ़िल में 11. यद्यपि 12. फ़ानूस या झाड़ के नीचे 13. एकांत कोने में

گرچہ غرق اشک تر ہے گریہ کو شدت میں شمع
جلتی ہے تسپر بھی لیکن سوزشِ الفت میں شمع

کچھ نہ ہو پرواہ جدائی کی میرے اس یار کو
یوں جلے پراونے کے سوزِ غم فرقت میں شمع

کون ہے جس کو جلاتا اپنے سوزِ عشق سے
لیک جلنا ہی لکھا تھا یہ میری قسمت میں شمع

قبر پر میری بلا سے گر نہیں جلتی چراغ
سازشِ دل سے تو روشن ہے میری توبعت میں شمع

کٹ گیا سر، کھلا گیا تن، جل گیا دل کیا مرے
عشق کے بائیس یہ اب تو آ گئی آفت میں شمع

اے 'ظفرؔ' رکھتی ہے اپنا نام روشن بزم میں
گوتہہ فانوس ہے ایک گوشۂ اجلت میں شمع

लिखके भेजें उनको हम क्या ख़ाक ख़त
बिन पढ़े कर डालते हैं चाक[1] ख़त

दूर घर है यार का जाए न जाए
ले के कोई क़ासिदे-चालाक[2] ख़त

मांग उसकी याद आती देखकर
कहकशां का[3] बरसरे-अफ़लाक[4] ख़त

तर न कर अश्कों से काग़ज़ सर-बसर
लिखने दे ऐ दीदा-ए-नमनाक[5] ख़त

तूने क्या लिखा था जो रोने लगा
पढ़के तेरा आशिके-ग़मनाक[6] ख़त

हासिदों से नाक में दम है 'ज़फ़र
दे दो चाकू से पकड़कर नाके-ख़त[7]

---

1. फाड़ डालते हैं 2. चालाक पत्रवाहक 3. आकाशगंगा को 4. आकाश पर 5. सजल नेत्र 6. दुःखित प्रेमी 7. पत्र का सिरा

لکھ کے بھیجیں ان کو ہم کیا خاک خط
بن پڑھے کر ڈالتے ہیں چاک خط

دور گھر ہے یار کا جائے نہ جائے
لے کے کوئی قاصدِ چالاک خط

مانگ اس کی یاد آتی دیکھ کر
کہکشاں کا برسرِ افلاک خط

تر نہ کر اشکوں سے کاغذ سر بسر
لکھنے دے اے دیدۂ نمناک خط

تو نے کیا لکھا تھا جو رونے لگا
پڑھ کے تیرا عاشقِ غم ناک خط

حاسدوں سے ناک میں دم ہے 'ظفرؔ'
دے دو چاقو سے پکڑ کر ناک خط

हमने दुनिया में आके क्या देखा
देखा जो कुछ सो ख़्वाब-सा देखा

है तो इन्सां ख़ाक का पुतला
लेक[1] पानी का बुलबुला देखा

ख़ूब देखा जहां के ख़ूबां को[2]
लेक तुझ-सा न दूसरा देखा

एकदम पर हवा न बांध हबाब[3]
दम को दम भर में यां हवा देखा

न हुए तेरी ख़ाके -पा[4], हमने
ख़ाक में आपको मिला देखा

अब न दीजै 'ज़फ़र' किसी को दिल
कि जिसे देखा बेवफ़ा देखा

---

1. लेकिन 2. अच्छे व्यक्तियों को 3. पानी के बुलबुले 4. पैरों की

ہم نے دنیا میں آ کے کیا دیکھا
دیکھا جو کچھ سو خواب سا دیکھا

ہے تو انسان خاک کا پتلا
لیک پانی کا بلبلہ دیکھا

خوب دیکھا جہاں کے خوباں کو
لیک تجھ سا نہ دوسرا دیکھا

ایک دم پر ہوا نہ باندھ حباب
دم کو دم بھر میں یاں ہوا دیکھا

نہ ہوئے تیری خاکِ پا ہم نے
خاک میں آپ کو ملا دیکھا

اب نہ دیجے 'ظفرؔ' کسی کو دل
کہ جسے دیکھا بے وفا دیکھا

दिन और है रात और ज़मीं और ज़मां[1] और
रहते हैं जे खुदरफ्ता[2] जहां, है वो जहां[3] और

इक बार किए नज़[4] दिलो-जां तेरे दोनों
अब क्या तुझे हम दें कि न दिल और न जां और

कुछ चश्मे-तर[5] औ' सोज़-जिगर पर[6] नहीं मौकूफ़[7]
आफ़्शा-ए-मोहब्बत के[8] बहुत से हैं निशां और

क्या होवेगा इक चाक[9] को सीने के सिए से
दिल में तो हज़ारों हैं अभी ज़ख्म़ निहां[10] और

महफ़िल से उठा ग़ैर को और उसके एबज़[11] तू
रखदे मेरी छाती पे कोई संगे-गिरां[12] और

तू घर को सिधार अपने खुदा के लिए नासेह[13]
होता तेरी बातों से है मुझको ख़फ़्तक़ां[14] और

मेह खूब बरसता है जो होती है हवा बन्द
बहते हैं 'ज़फ़र' अश्क़[15] दमे-ज़ब्ते-फुगां[16] और

---

1. आकाश 2. आत्म-विसर्जित 3. संसार 4. भेट 5. सजल नेत्रों 6. जिगर या दिल की तपन पर 7. निर्भर 8. प्रेम-प्रकटन के 9. धाव 10. निहित 11. बदले में 12. भारी पत्थर 13. उपदेशक 14. उन्माद 15. आंसू 16. रोने को दबाते समय

دن اور ہے رات اور زمیں اور زماں اور
رہتے ہیں جو خود رفتاں جہاں ہے وہ جہاں اور

اک بار کیے نظر دلِ جہاں تیرے دونوں
اب کیا تجھے ہم دیں کہ نہ دل اور نہ جاں اور

کچھ چشمِ تر اور سوزِ جگر پر نہیں موقوف
افشائے محبت کے بہت سے ہیں نشاں اور

کیا ہووے گا ایک چاک کو سینے کے سیئے سے
دل میں تو ہزاروں ہیں ابھی زخم نہاں اور

محفل سے اٹھا غیر کو اور اس کے عوض تو
رکھ دے مری چھاتی پہ کوئی سنگِ گراں اور

تو گھر کو سدھار اپنے خدا کے لیے ناصح
ہوتا تری باتوں سے ہے مجھ کو خفقاں اور

مینہہ خوب برستا ہے جو ہوتی ہے ہوا بند
بہتے ہیں 'ظفر' اشک دمِ ضبطِ فغاں اور

सुबह रो-रो के शाम होती है
शब तड़प कर तमाम होती है

सामने चश्मे-मस्त के[1] साक़ी
किसको परवा-ए-जाम[2] होती है

कोई गुंचा[3] खिला कि बुलबुल को
बेकली[4] ज़ेरे-दाम[5] होती है

हम जो कहते हैं कुछ इशारों से
ये खता ला-कलाम[6] होती है

थी जो ख़िदमत जुनू[7] की मजनूं को[8]
सो वे अब मेरे नाम होती है

पानी-पानी[9] लबों से उसके 'ज़फ़र'
क्या मय-ए-लाला-फ़ाम[10] होती है

---

1. मस्त आंखों के 2. शराब के प्याले की 3. कली 4. बेचैनी 5. जाल के नीचे 6. निःशब्द-अपराध 7. उन्माद 8. मजनू के सुपुर्द 9. लज्जित 10. लाल रंग की शराब

صبح رو رو کے شام ہوتی ہے
شب تڑپ کر تمام ہوتی ہے

سامنے چشمِ مست کے ساقی
کس کو پروائے جام ہوتی ہے

کوئی غنچہ کھلا کے بلبل کو
بے کلی زیرِ دام ہوتی ہے

ہم جو کہتے ہیں کچھ اشاروں سے
یہ خطا لاکلام ہوتی ہیں

تھی جو خدمت جنوں کی مجنوں کو
سو وہ اب میرے نام ہوتی ہیں

پانی پانی لبوں سے اس کے 'ظفر'
کیا مئے لال فام ہوتی ہیں

मिलाए ख़ाक में ग़र वो सितम-शिआर[1] मुझे
बला से समझे मगर अपना ख़ाकसार मुझे

वो गरचे दुश्मने-सब्र-ओ-क़रार[2] है लेकिन
न देखें जब तलक उसको नहीं क़रार मुझे

शुमार[3] हो न सके जिनका ता-ब-रोज़[4] शुमार
दिए फ़लक ने[5] हैं वो दाग़ बेशुमार मुझे

वुफ़रे-गिरियां ने[6] मिरे बचा लिया वरना
जला चुकी थी मेरी आहे-शोला-बार[7] मुझे

खुली हुई हैं मिरे जेरे ख़ाक भी[8] आंखें
किसी का आह यहां तक है इंतिज़ार मुझे

मज़ा तो ये है कि होते हैं वो जो मुझसे ख़फ़ा
तो और आता है उन पर ज़ियादा प्यार मुझे

'ज़फ़र' जहां में करूं किसको राज़दार अपना
कि इश्क़ से नहीं अपना भी एतिबार मुझे

---

1. अत्याचारी 2. सुख-चैन का शत्रु 3. गिनती 4. प्रलय-दिवस तक 5. आकाश, भाग्य ने 6. आंसुओं की अधिकता ने 7. आग छिड़कने वाली (गर्म) आहे 8. मिट्टी (क़ब्र) के नीचे की

ملائے خاک میں گروہ ستم شعار مجھے
بلا سے سمجھے مگر اپنا خاکسار مجھے

وہ گرچہ دشمنِ صبرو قرار ہے لیکن
نہ دیکھوں جب تلک اس کو نہیں قرار مجھے

شمار ہو نہ سکے جن کا تابہ روزِ شمار
دیے فلک نے ہیں وہ داغ بے شمار مجھے

وفورِ گریہ نے میرے بچا لیا ورنہ
جلا چکی تھی مری آہِ شعلہ بار مجھے

کھلی ہوئی ہیں میرے زیرِ خاک بھی آنکھیں
کسی کا آہ یہاں تک ہے انتظار مجھے

مزا تو یہ ہے کہ ہوتے ہیں وہ جو مجھ سے خفا
تو اور آتا نہیں ان پر زیادہ پیار مجھے

'ظفرؔ' جہاں میں کروں کس کو راز دار اپنا
کہ عشق سے نہیں اپنا بھی اعتبار مجھے

सूफ़ियों में हूं न रिन्दों में[1] न मय-ख़्वारों[2] में हूं
ऐ बुतो[3] बन्दा खुदा का हूं गुनहगारों में हूं

मेरी मिल्लत[4] है मोहब्बत, मेरा मज़हब इश्क़ है
ख्वाह[5] हूं मैं काफ़िरों में ख़्वाह दींदारों में हूं

न मेरा मूनिस[6] है कोई और न कोई गुमगुसार
गुम मिरा ग़मख़्वार है[7] मैं ग़म के ग़मख़्वारों में हूँ

जो मुझे लेता है फिर वो फेर देता है मुझे मैं
अज़ब इक जिन्से-नाकारा[8] खरीदारों में हूं

ऐ 'ज़फ़र' मैं क्या बताऊं तुझको जो कुछ हूं सो हूं
लेकिन अपने फ़ख़्रे-दी के[9] कफ़्श-बरदारों[10] में हूँ

1.2. शराबियों में 3. माशूक़ो, मूर्तियो 4. धर्म 5. चाहे 6. स्नेही 7. सहानुभूतिकर्ता 8. व्यर्थ की वस्तु 9. धर्म के गौरव (हज़रत मोहम्मद) के 10. जूती उठाने वाले

صوفیوں میں ہوں نہ رندوں میں نہ مے خواروں میں ہوں
اے بتو بندہ خدا کا ہوں گنہگاروں میں ہوں

میری ملت ہے محبت میرا مذہب عشق ہے
خواہ ہوں میں کافروں میں خواہ دینداروں میں ہوں

نہ میرا مونس ہے کوئی اور نہ کوئی غم گسار
غم میرا غم خوار ہے میں غم کے غمخوارں میں ہوں

جو مجھے لیتا ہے پھر وہ پھیر دیتا ہے مجھے
میں عجب اک جنسِ ناکارہ خریداروں میں ہوں

اے 'ظفر' میں کیا بتاؤں تجھ کو جو کچھ ہوں سو ہوں
لیکن اپنے فخر دیں کے کفش برداروں میں ہوں

जो तेरी यादे-जल्वा-ए-क़ामत में[1] सो गए
गोया वो अर्सा-गाहे-क़ियामत[2] में सो गए

उन ग़ाफ़िलों ने देखा तमाशा जहान का
जो मस्त होके नश्शा-ए-ग़फ़लत में सो गए

जो तेरे इन्तिज़ार में जागे तमाम उम्र
हैरां हूं किस तरह से वो तुर्बत में[3] सो गए

हम ख़्वाब होना ख़्वाब में भी देखते नहीं
बख़्त[4] अपने ऐसे तेरी मोहब्बत में सो गए

हम सोते ज़ेरे-ख़ाक[5] न आराम से मगर
जागे बहुत थे रंजो-मुसीबत में सो गए

सहलाए तलवे पांओं के कांटों ने इस तरह
मजनूं के पांओं वादी-ए-वह्शत में[6] सो गए

1. शरीर की रूप-छवि की याद में 2. प्रलय-क्षेत्र 3. क़ब्र में 4. भाग्य 5. मिट्टी के नीचे
6. भयानक जंगल में

جو تیری یادِ جلوۂ قامت میں سو گئے
گویا وہ عرصہ گاہِ قیامت میں سو گئے

ان غافلوں نے دیکھا تماشہ جہان کا
جو مست ہو کے نشۂ غفلت میں سو گئے

جو تیرے انتظار میں جاگے تمام عمر
حیراں ہوں کس طرح سے وہ تربت میں سو گئے

ہم خواب ہونا خواب میں بھی دیکھتے نہیں
بخت اپنے ایسے تیری محبت میں سو گئے

ہم سوتے زیرِ خاک نہ آرام سے مگر
جاگے بہت تھے رنج و مصیبت میں سو گئے

سہلائے تلوے پاؤں کے کانٹوں نے اس طرح
مجنوں کے پاؤں وادیٔ وحشت میں سو گئے

इस जहां में आके हम क्या कर चले
बारे-इस्यां[1] सर पे अपने घर चले

तू न आया ऐ मसीहा-दम[2] यहां
हम इसी हसरत में आख़िर मर चले

इस गली में हम तो क्या खुर्शीद[3] भी
डर के मारे कांपता थर-थर चले

दम न मारा हमने तेरे इश्क़ में
सर पे आरे भी हमारे गर चले

दिल ही क़ाबू में नहीं जब ऐ 'ज़फ़र'
तम वहां किस के सहारे पर चले

---

1. पापों कळ बोझ 2. मुर्दो को जिलाने वाला उपचारक 3. सूरज

اس جہاں میں آ کے ہم کیا کر چلے
بارِ عصیاں سر پہ اپنے دھر چلے

تو نہ آیا اے مسیحا دم یہاں
ہم اسی حسرت میں آخر مر چلے

اس گلی میں ہم تو کیا خورشید بھی
ڈر کے مارے کانپتا تھر تھر چلے

دم نہ مارا ہم نے تیرے عشق میں
سر پہ آرے بھی ہمارے گر چلے

دل ہی قابو میں نہیں جب اے 'ظفر'
تم وہاں کس کے سہارے پر چلے

बला से गर नहीं है साया-ए-बाले-हुमा[1] सर पर
तेरी दीवार का साया कुछ ऐसा है कि क्या कहिए

वो है पेशे-नज़र[2] और फिर नज़र आता नहीं हरगिज़
पड़ा ग़फ़्लत[3] का इक पर्दा कुछ ऐसा है कि क्या कहिए

हमें क्या काम जो नाहक़ सहारा ग़ैर का ढूंढ़े
सहारा यां खुदा ही का कुछ ऐसा है कि क्या कहिए

मज़ा जो कुछ कि इस दर्दे-मोहब्बत में है बेदर्दो
वो हमसे पूछते हो क्या कुछ ऐसा है कि क्या कहिए

'ज़फ़र' दुनिया-ए-फ़ानी ख़्वाब का-सा एक आलम[4] है
मगर इस ख़्वाब में देखा कुछ ऐसा है कि क्या कहिए

---

1. हुमा उस पक्षी को कहते हैं, जिसके सम्बन्ध में यह काव्य-कल्पना है कि वह जिसके सर पर से गुज़र जाए वह बादशाह हो जाता है। उस पक्षी के पंखों की छाया 2. समक्ष 3. बेखबरी 4. स्थिति

بلا سے گر نہیں ہے سایۂ بالِ ہما سر پر
تیری دیوار کا سایہ کچھ ایسا ہے کہ کیا کہیے

وہ ہے پیشِ نظر اور پھر نظر آتا نہیں ہرگز
پڑا غفلت کا اک پردہ کچھ ایسا ہے کہ کیا کہیے

ہمیں کیا کام جو ناحق سہارا غیر کا ڈھونڈیں
سہارا یاں خدا ہی کا کچھ ایسا ہے کہ کیا کہیے

مزا جو کچھ کہ اس دردِ محبت میں ہے بیدردو
وہ ہم سے پوچھتے ہو کیا کچھ ایسا ہے کہ کیا کہیے

'ظفرؔ' دنیائے فانی خواب کا سا ایک عالم ہے
مگر اس خواب میں دیکھا کچھ ایسا ہے کہ کیا کہیے

गर्चे बेताक़त हूं मैं पर दिल में ताक़त और है
कुव्वते-ज़ाहिर[1] से हां बातिन की[2] ताक़त और है

हो दिले-विर्यां से[3] मेरे किस तरह हमसर[4] शबाब[5]
उसकी लज़्ज़त और है और इसकी लज़्ज़त और है

नाज़ ही दर पे[6] नहीं दिल के फ़क़त[7] ग़ुम्ज़ा[8] भी है
बच सके क्योंकर कि इक आफ़त पे आफ़त और है

मैकदा मेरे लिए तेरे लिए है ख़ानक़ाह[9] तेरा
मज़हब और ज़ाहिद[10] मेरी मिल्लत[11] और है

ऐ 'ज़फ़र' जितनी जताते हैं हम अपनी दोस्ती
होती उतनी ही उन्हें हां हमसे नफ़रत और है

---

1. प्रत्यक्ष शक्ति 2. भीतर की 3. भुने हुए दिल से 4. बराबर 5. यौवन 6. दरवाज़े पर 7. केवल 8. कटाक्ष 9. मठ 10. पारसा 11. धर्म

گرچہ بے طاقت ہوں میں پر دل میں طاقت اور ہے
قوتِ ظاہر سے ہاں باطن کی طاقت اور ہے

ہو دلِ ویراں سے میرے کس طرح ہم سر شباب
اس کی لذت اور ہے اور اس کی لذت اور ہے

ناز ہی در پہ نہیں دل کے فقط غمزہ بھی ہے
بچ سکے کیونکر کی اک آفت پہ آفت اور ہے

میکدہ میرے لیے تیرے لیے ہے خانقاہ
تیرا مذہب اور زاہد میری ملت اور ہے

اے 'ظفر' جتنی جتاتے ہیں ہم اپنی دوستی
ہوتی اتنی ہی انھیں ہاں ہم سے نفرت اور ہے

हुए वाक़िफ़ न जो दुनिया के ग़म से वो ही अच्छे हैं
जो हस्ती[1] में नहीं आए अदम[2] से वो ही अच्छे हैं

झड़े यूं तो हज़ारों गौहरे-ख़ुश[3] आबे-नैस से[4]
गर जो अश्क टपके चश्मे-नम से[5] वो ही अच्छे हैं

बराबर हैं परेशानी में हम और बाल ज़ुल्फ़ों के[6]
वो अक्सर तेरे मुंह लगते हैं हमसे वो ही अच्छे हैं

जो पूछे कोई अच्छे कौन हैं गिब्र-ओ-मुसलमां में[7]
कहूं जो आशना हैं[8] उस सनम[9] से वो ही अच्छे हैं

तिरा क्या नाम है अच्छा कि जितने हर्फ़[10] हैं उसके
निकलते हर जगह मेरे क़लम से वो ही अच्छे हैं

'ज़फ़र' यूं तो सब अच्छे हैं, बुरा कहिए किसे लेकिन
बने अच्छे जो उसके करम से[11] वो ही अच्छे हैं

---

1. अस्तित्व 2. परलोक 3. सुन्दर मोती 4. बैसाख महीने की वर्षा से भर जाता है कि इस मास की वर्षा की हर बूंद सीप में मोती बन जाती है) 5. सजल नेत्रों से 6. केशों के 7. विभिन्न धर्म मानने वाले और मुसलमानों में 8. परिचित 9. माशूक़ 10. अक्षर 11. कृपा से

ہوئے واقف نہ جو دنیا کے غم سے وہ ہی اچھے ہیں
جو ہستی میں نہیں آئے عدم سے وہ ہی اچھے ہیں

جھڑے یوں تو ہزاروں گوہرِ خوش آبِ نیساں سے
مگر جو عشق ٹپکے چشمِ نم سے وہ ہی اچھے ہیں

برابر ہیں پریشانی میں ہم اور بال زلفوں کے
وہ اکثر تیرے منہ لگتے ہیں ہم سے وہ ہی اچھے ہیں

جو پوچھے کوئی اچھے کون ہیں گبر و مسلماں میں
کہوں جو آشنا ہیں اس صنم سے وہ ہی اچھے ہیں

ترا کیا نام ہے اچھا کہ جتنے حرف ہیں اسکے
نکلتے ہرجگہ میرے قلم سے وہ ہی اچھے ہیں

'ظفر' یوں تو سب اچھے ہیں برا کہیے کسے لیکن
بنے اچھے جو ہیں اس کے کرم سے وہ ہی اچھے ہیں

भला करते बुराई होती है
मुंह से निकली पराई होती है

दस्तो-पा में[1] हिना[2] न बांधो तुम
देखो फिर हाथ-पाई होती है

उनके दिल में ग़ुबार[3] है देखें
किस तरह से सफ़ाई होती है

और को देख वो नहीं सकते
वो जिन्हें खुद-नुमाई[4] होती है

ऐ 'ज़फ़र' है वो बुत[5] जिधर फिरता
उस तरफ़ सब ख़ुदाई होती है

---

1. हाथ-पैरों में 2. मेहंदी 3. मैल 4. आत्मप्रदर्शन 5. माशूक़

بھلا کرتے برائی ہوتی ہے
منھ سے نکلی پرائی ہوتی ہے

دست و پا میں حنا نہ باندھو تم
دیکھو پھر ہاتھا پائی ہوتی ہے

ان کے دل میں غبار ہے دیکھیں
کس طرح سے صفائی ہوتی ہے

اور کو دیکھ وہ نہیں سکتے
وہ جنھیں خود نمائی ہوتی ہے

اے 'ظفرؔ' ہے وہ بت جدھر پھرتا
اس طرف سب خدائی ہوتی ہے

हम रहें साक़ी रहे और दौरे-पैमाना रहे
हश्र[1] तक बारे[2] यूंही आबाद मैख़ाना रहे

जिस तरह से शम्अ़ पर परवाना होता है फ़िदा
उस तरह से शम्अ़ उसके रुख पे[3] परवाना रहे

जिसके सर पर होवे ज़ेबा[4] या के कूचे की ख़ाक
ख़ाक उसको आरज़ूए - ताजे-ऐ शाहाना[5] रहे

मैं वो मैकश[6] इस चमन में हूं कि ऐ साक़ी, मुदाम[7]–
मिस्ले-नर्गिस[8] जिसके सर के साथ पैमाना रहे

तेगे-क़ातिल का[9] अदा कब शुक्र होता है 'ज़फ़र'
गोया अब हर ज़ख्म़ पर बिस्मिल[10] के शुक्राना[11] रहे

---

1. क़ियामत या प्रलय 2. ख़ुदा करे 3. चेहरे पर 4. शक्ति 5. बादशाही ताज़ की इच्छा 6. मद्यप 7. सदैव 8. नर्गिस के फूल की तरह 9. हत्यारे की तलवार का 10. घायल 11. धन्यवाद

ہم رہے ساقی رہے اور دورِ پیمانہ رہے
حشر تک بارے یونہی آباد میخانہ رہے

جس طرح سے شمع پر پروانہ ہوتا ہے فدا
اس طرح سے شمع اس کے رخ پہ پروانہ رہے

اس کے سر پر ہووے زیبا یار کے کوچے کی خاک
خاک اس کو آرزوئے تاجِ شاہانہ رہے

میں وہ مے کش اس چمن میں ہوں کہ اے ساقی مدام
مثلِ نرگس جس کے سر کے ساتھ پیمانہ رہے

تیغِ قاتل کا ادا کب شکر ہوتا ہے 'ظفرؔ'
گویا اب ہر زخم پر بسمل کے شکرانہ رہے

आपका यार मेरी तरह कोई हो तो सके
आशिक़-ज़ार मेरी तरह कोई हो तो सके

न टला दर से[1] तिरे देख के सूरत तेरी
नक्शे-दीवार[2] मेरी तरह कोई हो तो सके

शक्ले-आईनारे[3] नहीं आंख झपकती हरगिज़
मह्‌ वे-दीदार[4] मिरी तरह कोई हो तो सके

मर गया पर न मसीहा का[5] हुआ मिन्नत-कश[6]
तेरा बीमार मिरी तरह कोई हो तो सके

हैं 'ज़फ़र' गरचे गुहरबार[7] हमेशा बादल
लेक[8] ख़ूं बार[9] मेरी तरह कोई हो सके

---

1. दरवाज़े से 2. दीवार पर बने चित्रों की तरह 3. आईना रूपी शक्ल या मुखाकृति 4. दर्शनों में निमग्न 5. मुर्दों को जिलाने वाले चिकित्सक का 6. आभारी 7. मोती बरसाने वाला 8. लेकिन 9. ख़ून बहाने या बरसाने वाला

آپ کا یار مری طرح کوئی ہو تو سکے
عاشقِ زار مری طرح کوئی ہوتو سکے

نہ ٹلا در سے ترے دیکھ کی صورت تیری
نقشِ دیوار مری طرح کوئی ہو تو سکے

شکل آئینہ نہیں آنکھ جھپکتی ہرگز
محوِ دیدار مری طرح کوئی ہو تو سکے

مر گیا پر نہ مسیحا کا ہوا منتِ کش
تیرا بیمار مری طرح کوئی ہو تو سکے

ہیں 'ظفرؔ' گرچہ گہر بار ہمیشہ بادل
لیک خوں بار مری طرح کوئی ہو سکے

वस्ले-जानां[1] में जो थे इशरत के[2] वो दिन टल गए
आ गए दिन रंज के राहत के वो दिन टल गए

ज़ो' फ़े-पीरी[3] का बुरा हो खो दिया सब कार[4] से
अब रही ताक़त कहां ताक़त के वो दिन टल गए

अब तो ख़ूने-दिल ही हम पीते हैं हसरत में मुदाम[5]
बादा-ए-ऐशो-मए-इशरत के[6] वो दिन डाल गए

अब तो बेज़ारी है साक़ी दुख़्तरे-रिज़[7] से हमें
इससे रग्ब़त[8] क्या करें रग्ब़त के वो दिन टल गए

अहदे-पीरो में[9] कहां जोशे-जवानी की उमंग
ऐ 'ज़फ़र' अफ़सोस कैफ़ीयत[10] के वो दिन टल गए

---

1. प्रेयसी के मिलन में 2. ऐश के 3. बुढ़ापे की कमज़ोरी 4. काम 5. हमेशा 6. ऐश-आनन्द की मदिरा के 7. अंगूर की बेटी (शराब) 8. रुचि 9. बुढ़ापे में 10. मत्तता

وصلِ جاناں میں جو تھے عشرت کے وہ دن ٹل گئے
آ گئے دن رنج کی راحت کے وہ دن ٹل گئے

ضعفِ پیری کا برا ہو کھو دیا سب کار سے
اب رہی طاقت کہاں طاقت کے وہ دن ٹل گئے

اب تو خونِ دل ہی ہم پیتے ہیں حسرت میں مدام
بادۂ عیش و مئے عشرت کے وہ دن ڈال گئے

اب تو بیزاری ہے ساقی دخترِ رز سے ہمیں
اس میں رغبت کیا کریں رغبت کے وہ دن ٹل گئے

عہدِ پیری میں کہاں جوشِ جوانی کی امنگ
اے 'ظفرؔ' افسوس کیفیّت کے وہ دن ٹل گئے

शाख़े-संबुल[1] क्यों परीशां-हाल हम सी हो गई
देखकर जुल्फ़ों के किसके बाल हम सी हो गई

खाक उड़ाती क्यों न आलम में[2] फिरे बादे-सबा[3]
है उड़ाकर ये हमारी चाल हम सी हो गई

पाई उस पाए-निगारीं तक[4] जो तूने दस्तरस[5]
ए दिला[6] तू भी कहीं पामाल[7] हम सी हो गई

क्या करेगी छूटकर क़ैदे-क़फ़स से[8] अंदलीब[9]
अब तो है वो भी शिकस्ता-बाल[10] हम सी हो गई

उस सनम[11] के इश्क़ में सारी ख़ुदाई ऐ 'ज़फ़र'
सब लुटाकर देखा जान-ओ-माल हम सी हो गई

---

1. संबुल नामक घास की डाली 2. संसार में 3. प्रभात समीर 4. प्रेयसी के पैरों तक 5. पहुंच 6. मेहंदी 7. बर्बाद 8. पिंजरे की क़ैद से 9. बुलबुल 10. पंख-कटी 11. माशूक़

شاخِ سنبل کیوں پریشاں حال ہم سی ہو گئی
دیکھ کر زلفوں کے کس کے بال ہم سی ہو گئی

خاک اڑاتی کیوں نہ عالم میں پھرے بادِ صبا
ہے اڑا کر یہ ہماری چال ہم سی ہو گئی

پائی اس پائے نگاریں تک جو تو نے دسترس
اے دلا تو بھی کہیں پامال ہم سی ہو گئی

کیا کرے گی چھوٹ کر قیدِ قفس سے عندلیب
اب تو ہے وہ بھی شکستہ بال ہم سی ہو گئی

اس صنم کے عشق میں ساری خدائی اے 'ظفرؔ'
سب لٹا کر دیکھ جان و مال ہم سی ہو گئی

थक के हम राहे-मोहब्बत में[1] जहां बैठे हैं
और वहां हमसे बहुत राहे-रवां[2] बैठे हैं

नशा-ग़फ़लत का[3] है इतना कि नहीं सूझता कुछ भी
आए किस जा से[4] हम और कहां बैठे हैं

यां रहा नाम-ओ-निशां किसका बहुत से नामी
अपना खेड़े में[5] लिए नाम-ओ-निशां बैठे हैं

पासे-आदाब[6] है क्योंकर न रहे शम्अ खड़ी
कि तेरी बज़्म में हम सोख़्ता-जां[7] बैठे हैं

उठे हैरतजदा[8] इस बज़्म से क्या ज़ू तस्वीर[9]
कि जहां उनको बिठाया है वहां बैठे हैं

---

1. प्रेममार्ग में 2. यात्री 3. बेसुध का 4. जगह से 5. घेरे में 6. शिष्टाचार 7. दिल जले
8. आश्चर्यचकित 9. चित्र की भांति

تھک کے ہم راہِ محبت میں جہاں بیٹھے ہیں
اور وہاں ہم سے بہت راہ رواں بیٹھے ہیں

نشہ غفلت کا ہے اتنا کہ نہیں سوجھتا کچھ بھی
آئے کس جا سے ہم اور کہاں بیٹھے ہیں

یاں رہا نام و نشاں کس کا بہت سے نامی
اپنا کھیڑے میں لیے نام و نشاں بیٹھے ہیں

پاسِ آداب ہے کیونکر نہ رہے شمع کھڑی
کی تیری بزم میں ہم سوختہ جاں بیٹھے ہیں

اٹھے حیرت زدہ اس بزم سے کیا جوں تصویر
کہ جہاں ان کو بٹھایا ہے وہاں بیٹھے ہیں

बुतों ने[1] न की आशनाई[2] की बातें
कहीं और सारी ख़ुदाई की बातें

नहीं तुमको लाज़िम बुराई की बातें
भलों को है ज़ेबा[2] भलाई की बातें

ग़ज़ब है कि दिल में तो रक्खी कदूरत[4]
करो मुंह पे हम से सफ़ाई की बातें

शबे-वस्ल[5] भी मुझको रोते ही गुज़री
जो याद आई रोज़े-जुदाई की बातें

'ज़फ़र' दिल में बसती है रिन्दी-ओ-मस्ती
न मुंह से बना पारसाई की बातें

---

1. माशूकों ने 2. जान-पहचान या प्रणय की 3. शोभित 4. शत्रुता 5. मिलन की रात

بتوں نے نہ کیں آشنائی کی باتیں
کہیں اور ساری خدائی کی باتیں

نہیں تم کو لازم برائی کی باتیں
بھلوں کو ہیں زیبا بھلائی کی باتیں

غضب ہے کی دل میں تو رکھی کدورت
کرو منھ پہ ہم سے صفائی کی باتیں

شبِ وصل بھی مجھ کو روتے ہی گزری
جو یاد آئیں روزِ جدائی کی باتیں

'ظفرؔ' دل میں بستی ہیں رندی و مستی
نہ منھ سے بنا پارسائی کی باتیں

करना फ़िक्र-ओ-तरद्‌दुद[1] नाहक़[2] जान को अपने खोना है
होगा वो ही आख़िर ऐ दिल क़िस्मत में जो होना है

हमको किसी की शादी-ओ-ग़म से[3] काम नहीं कुछ शम्अ सिफ़त[4]
काम अपना हर इक महफ़िल में या जलना है या रोना है

कोई लहज़ा[5] ज़ेरे-फ़लक[6] तू जाग ले ख़्वाबे-ग़फ़लत से[7]
फिर तो ज़ेरे-ज़मीं[8] ऐ ग़ाफ़िल आख़िर तुझको सोना है

रो-रोकर गर चश्म से[9] दरिया हमने बहाए हासिल[10] क्या
वो जो दिल का दाग़ है अपने मुश्किल उसका धोना

दिल को हम दीवाना बताते पर ये नहीं मालूम हमें
करती तेरी चश्मे-फुसूंगर[11] जादू है या टोना है

---

1. चिन्ता तथा असमंजस 2. व्यर्थ 3. प्रसन्नता तथा शोक से 4. दीपक की तरह 5. क्षण 6. आकाश के नीचे 7. बेसुधी की नींद से 8. ज़मीन के नीचे 9. आंखों से 10. प्राप्त 11. जादूगर आंखें

کرنا فکر تردّد ناحق جان کو اپنے کھونا ہے
ہوگا وہ ہی آخر اے دل قسمت میں جو ہونا ہے

ہمکو کسی کی شادی و غم سے کام نہیں کچھ شمع صفت
کام اپنا ہر اک محفل میں یا جلنا ہے یا رونا ہے

کوئی لحظہ زیرِ فلک تو جاگ لے خوابِ غفلت سے
پھر تو زیرِ زمیں اے غافل آخر تجھ کو سونا ہے

رو رو کر گر چشم سے دریا ہم نے بہائے حاصل کیا
وہ جو دل کا داغ ہے اپنا مشکل اس کا دھونا ہے

دل کو ہم دیوانہ بتاتے پر یہ نہیں معلوم ہمیں
کرتی تیری چشمِ فسوں گر جادو ہے یا ٹونا ہے

ऐश से गुज़री कि ग़म के साथ अच्छी निभ गई
निभ गई जो उस सनम के[1] साथ अच्छी निभ गई

दोस्ती उस दुश्मने-जां ने निबाही तो सही
गो निभी ज़ुल्म-ओ-सितम के साथ अच्छी निभ गई

खूब गुज़री गरचे औरों की निशात-ओ-ऐश में
अपनी भी रंज-ओ-अ़लम के साथ अच्छी निभ गई

बू-ए-गुल[2] क्या रह के करती गुल ने रहकर क्या किया
वो नसीमे-सुब्ह-दम के[3] साथ अच्छी निभ गई

शुक्र-सद-शुक्र[4] अपने मुंह से जो निकाली मैंने बात
ऐ 'ज़फ़र' उसके करम के[5] साथ अच्छी निभ गई

---

1. माशूक़ के 2. फूल की सुगंधि 3. प्रभात समीर के 4. सौ बार शुक्र 5. कृपा के

عیش سے گزری کہ غم کے ساتھ اچھی نبھ گئی
نبھ گئی جو اس صنم کے ساتھ اچھی نبھ گئی

دوستی اس دشمنِ جاں نے نبھائی تو صحیح
گو نبھی ظلم و ستم کے ساتھ اچھی نبھ گئی

خوب گزری گرچہ اوروں کی نشاط و عیش میں
اپنی بھی رنج و الم کے ساتھ اچھی نبھ گئی

بوئے گل کیا رہ کے کرتی گل نے رہ کر کیا کیا
وہ نسیمِ صبح دم کے ساتھ اچھی نبھ گئی

شکر صد شکر اپنے منہ سے جو نکالی میں نے بات
اے 'ظفرؔ' اس کے کرم کے ساتھ اچھی نبھ گئی

दिल देके हुआ उसको गुनहगार तो मैं हूं
दे किसको सज़ा वो कि सज़ावार तो मैं हूं

है कौन कि ईज़ा[1] हो जिसे अपनी गवारा
हूं अपने अगर दरपै-आज़ार[2] तो मैं हूं

कहता है मुझे इश्क़ कि तू ग़म से हिरासां[3]
किस वास्ते है तेरा मददगार तो मैं हूं

बोसा तेरे लब[4] का मर्ज़े-ग़म की[5] दवा है
क्यों और को देता है कि बीमार तो मैं हूं

लूं जान तलक[6] बेच के मोल ऐ 'ज़फ़र' उसको
यों जिन्से-मोहब्बत[7] का, तलबगार तो मैं हूं

---

1. यातना 2. पीड़ा-प्राप्ति 3. भयभीत 4. होंठों का 5. ग़म के रोग की 6. तक
7. प्रेमरूपी सामग्री का

دل دے کے ہوا اس کو گنہگار تو میں ہوں
دے کس کو سزا وہ کی سزوار تو میں ہوں

ہے کون کہ ایذا ہو جسے اپنی گوارہ
ہوں اپنے اگر درپئے آزار تو میں ہوں

کہتا ہے مجھے عشق کہ تو غم سے ہراساں
کس واسطے ہے تیرا مددگار تو میں ہوں

بوسہ ترے لب کا مرضِ غم کی دوا ہے
کیوں اور کو دیتا ہے کی بیمار تو میں ہوں

لوں جان تلک بیچ کی مول اے 'ظفرؔ' اس کو
یوں جنسِ محبت کا طلب گار تو میں ہوں

करूं क्या, याद जुल्फ़े-दिलबरे-जानी[1] नहीं जाती
नहीं जाती। मेरे दिल की परेशानी नहीं जाती

हक़ीक़त को[2] हमारे इश्क़ की पहुंचे तो क्या पहुंचे
कि वां तक नासिहों की[3] अक़्ले-दीवानी नहीं जाती

भला कर तो भला होगा सदा[4] सुन बा-नवाओं की[5]
नहीं ये बात कुछ ऐसी कि जो मानी नहीं जाती

गुज़र जाए न क्योंकर जान से क़ासिद[6] कि जानां तक[7]
ख़बर मुश्किल से जाती है ब-आसानी नहीं जाती

तबीयत है जवां-पीरी में[8] भी ये ऐ 'ज़फ़र' तेरी
सख़ुन-फ़हमी[9] सख़ुन-संजी[10] सख़ुन-दानी[11] नहीं जाती

---

1. प्रेयसी के केशों की याद 2. वास्तविकता को 3. उपदेशकों की 4. आवाज़ 5. गायकों की 6. पत्रवाहक 7. प्रेयसी तक 8. अधेड़ावस्था में 9, 10, 11. शे'र को समझने और शे'र कहने की रुचि

کروں کیا یادِ زلفِ دلبرِ جانی نہیں جاتی
نہیں جاتی مرے دل کی پریشانی نہیں جاتی

حقیقت کو ہمارے عشق کی پہنچے تو کیا پہنچے
کی واں تک ناصحوں عقلِ دیوانی نہیں جاتی

بھلا کر تو بھلا ہوگا سدا سن بے نواؤں کی
نہیں یہ بات کچھ ایسی کی جو مانی نہیں جاتی

گزر جائے نہ کیونکر جان سے قاصد کہ جاناں تک
خبر مشکل سے جاتی ہیں بہ آسانی نہیں جاتی

طبیعت ہے جواں پیری میں بھی یہ اے 'ظفرؔ' تیری
سخن فہمی، سخُن سنجی، سخُن دانی نہیں جاتی

तिरे दर पर जो आशिक़ को मोहब्बत लेके आई है
उसे तक़दीर ने भेजा है क़िस्मत लेके आई है

मुअत्तर[1] कर दिया सारे चमन को एक झोंके में
खुदा जाने सबा[2] किस गुल को निकहत[3] लेके आई है

जला परवाना ऐसा शमा के शब सोज़ उल्फ़त[4] से
कहा उठ जा कहां का सोज़-उल्फ़त लेके आई है

इलाही क्यों दराज़[5] इतनी हुई है रात फ़ुर्क़त की[6]
ये अपने साथ क्या रोज़े-क़ियामत[7] लेके आई है

'ज़फ़र' दिल तो हमारा पेच में उस ज़ुल्फ़-पेचां[8] के
कभी हरगिज़ न आता लेक[9] शामत लेके आई है

---

1. सुगंधित 2. प्रभात समीर 3. फूल की सुगंध 4. प्रेम की तपन 5. लम्बी 6. विछोह की 7. प्रलय-दिवस 8. घुंघराली केश-राशि 9. लेकिन

ترے در پر جو عاشق کو محبت لے کے آئی ہے
اسے تقدیر نے بھیجا ہے قسمت لے کے آئی ہے

معطر کردیا سارے چمن کو ایک جھونکے میں
خدا جانے صبا کس گل کی نکہت لے کے آئی ہے

جلا پروانہ ایسا شمع کے شب سوزِ الفت سے
کہا اٹھ جا کہاں کا سوزِ الفت لے کے آئی ہے

الٰہی کیوں دراز اتنی ہوئی ہیں رات فرقت کی
یہ اپنے ساتھ کیا روزِ قیامت لے کے آئی ہے

'ظفرؔ' دل تو ہمارا پیچ میں اس زلفِ پیچاں کے
کبھی ہرگز نہ آتا لیک شامت لے کے آئی ہے

उस निगाहे-मस्त के मस्तों की मस्ती और है
और मैं[1] है और उनकी मै-परस्ती[2] और है

अब्रे-मिज़गां से बंधे जिस तरह अश्कों की झड़ी
इस तरह से कब घटा कोई बरसती और है

नीम-ग़म्ज़ा पर[4] तिरे हम बेचते हैं अपना दिल
इससे भी कोई ज़्यादा जिन्स[5] सस्ती और है

गुंचा[6] की मुट्ठी में ज़र[7] है पर नहीं दस्ते-करम[8]
तंगी-ए-दिल[9] और है और तंग-दस्ती[10] और है

जो बुलन्दी चाहता है अपनी मिस्ले गर्दबाद[11]
चर्ख की गर्दिश[12] दिखाती उसको पस्ती[13] और है

---

1. शराब 2. मदिरा-पूजन (बेतहाशा पीना) 3. पलकों के बादल के 4. थोड़े-से नखरे पर 5. वस्तु 6. कली 7. धन 8. उदार-हस्त 9. कंजूसी 10. ग़रीबी 11. बगूले की तरह 12. कालचक्र 13. नीचाई

اس نگاہِ مست کے مستوں کی مستی اور ہے
اور مئے ہے اور ان کی مئے پرستی اور ہے

ابرِ مژگاں سے بندھے جس طرح اشکوں کی جھڑی
اس طرح سے کب گھٹا کوئی برستی اور ہے

نیم غمزے پر ترے ہم بیچتے ہیں اپنا دل
اس سے بھی کوئی زیادہ جنس سستی اور ہے

غنچے کی مٹھی میں زر ہے پر نہیں دستِ کرم
تنگیِ دل اور ہے اور تنگ دستی اور ہے

جو بلندی چاہتا ہے اپنی مثلِ گردباد
چرخ کی گردش دکھاتی اس کو پستی اور ہے

अदम में[1] भी मुसीबत कुछ न पूछो हाए ऐसी है
यहां दम मारने की जा[2] नहीं वां जाए[3] ऐसी है

ख़राब इक दम में हो जाएगी ऐ ग़ाफ़िल हुबाब-आसा[4]
तेरी तामीरे-हस्ती[5] ये बनी बे-पाय[6] ऐसी है

अदम के राहरौ[7] मर-मर के मंज़िल पर पहुंचते हैं
रहे इकदम[8] है, पर दुश्वार ये ऐ वाय[9] ऐसी है

नज़ाक़त क्या कहूं दिल की अजब नाज़ुक कली है दिल
सखुन की[10] इक ज़रा गर्मी से ये मुर्झाए ऐसी है

जले हैं रात भर में शमा और परवाना दम भर में
'ज़फ़र' इक जा-ए-सोज़िश[11] ऐसी और इक जाए[12] ऐसी है

---

1. परलोक में 2, 3. जगह 4. पानी के बुलबुले की तरह 5. जीवन-निर्माण 6. निराधार 7. राही 8. एक क्षण का मार्ग 9. ओह! 10. वार्ता की 11. जलन की जगह 12. जगह

عدم میں بھی مصیبت کچھ نہ پوچھو ہائے ایسی ہے
یہاں دم مارنے کی جانہیں واں جائے ایسی ہے

خراب ایک دم میں ہو جائیگی اے غافل حبابِ آسا
تری تعمیرِ ہستی یہ بنی بے پائے ایسی ہے

عدم میں راہ رو مرمر کے منزل پر پہنچتے ہیں
رہِ اک دم ہے پر دشوار یہ اے وائے ایسی ہے

نزاکت کیا کہوں دل کی عجب نازک کلی ہے دل
سخن کی اک ذرا گرمی سے یہ مرجھائے ایسی ہے

جلے ہیں رات بھرمیں شمع اور پروانہ دم بھر میں
'ظفرؔ' اک جائے سوزش ایسی اور ایک جائے ایسی ہے

शुक्रे-अल्लाह हमसे ये क़ाफ़िर सनम अच्छे रहे
हक़-परस्तो[1] बुत-परस्ती में भी हम अच्छे रहे

वो बुरा कहते रहे हमको पर उनके इश्क़ में
जैसे हम अच्छे रहे ऐसे भी कम अच्छे रहे

मर के तो हो जाएंगे सब खाक़ लेकिन जीते जी
जो रहे उस यार की ख़ोके-क़दम[2] अच्छे रहे

हो नहीं सकता नविश्ता से[3] ज्यादा एक हर्फ़[4]
इसपे जो राज़ी रहे वो यक क़लम[6] अच्छे रहे

है। यहां की अश्क-बारी[7] रहमते-बारी[8] 'ज़फ़र'
अब्र-आसा[9] जो रहे वो चश्मे-नम[10] अच्छे रहे

---

1. ईश्वर भक्तो 2. क़दमों की धूल 3. भाग्य से 4. अक्षर 5. सन्तुष्ट 6. पूरी तरह
7. आंसू बहाना 8. ईश्वर-कृपा 9. बादल की तरह 10. सजल नेत्रों वाले

شکرِ اللہ ہم سے یہ کافر صنم اچھے رہے
حق پرستو بت پرستی میں بھی ہم اچھے رہے

وہ برا کہتے رہے ہم کو پر ان کے عشق میں
جیسے ہم اچھے رہے ایسے بھی کم اچھے رہے

مر کے تو ہو جائیں گے سب خاک لیکن جیتے جی
جو رہے اس یار کی خاکِ قدم اچھے رہے

ہو نہیں سکتا نوشتہ سے زیادہ ایک حرف
اس پہ جو راضی رہے وہ یک قلم اچھے رہے

ہے یہاں کی اشک باری رحمتِ باری 'ظفرؔ'
ابر آسا جو رہے وہ چشمِ نم اچھے رہے

दिल मिरा उल्झा हुआ है यार के बालों के बीच
क्या तमाशा है इक ताइर[1] है सौ जानों के बीच

चश्मे-बुलबुल[2] देख जिसको माइले-हैरत[3] हुई
ये चिकन के गुल बने हैं तेरे रूमालें के बीच

जिस तरह आते नज़र गिर्दाब में[4] भी हैं हुबाब[5]
यूं दिखाई देते हैं मोती तिरे बालों के बीच

लब तलक[6] आती है मेरे जब कभी इक आहे-गर्म
देर तक रहती है सोज़िश[7] मेरे बुतख़ानों के बीच

आपका चोरी से जाना खुल गया शायद 'ज़फ़र'
आज चर्चा हो रहा था उनके घरवालों के बीच

---

1. पक्षी 2. बुलबुल की आंख 3. चकित 4. भंवर में 5. पानी के बुलबुले 6. होंठों तक 7. तपन

دل میرا الجھا ہوا ہے یار کے بالوں کے بیچ
کیا تماشہ ہے کہ ایک طائر ہے سو جانوں کے بیچ

چشمِ بلبل دیکھ جس کو مائلِ حیرت ہوئی
یہ چکن کے گل بنے ہیں تیرے رومالوں کے بیچ

جس طرح آتے نظر گرداب میں بھی ہیں حباب
یوں دکھائی دیتے ہیں موتی ترے بالوں کے بیچ

لب تلک آتی ہے میرے جب کبھی اک آہ گرم
دیر تک رہتی ہے سوزش میرے بت خانوں کے بیچ

آپ کا چوری سے جانا کھل گیا شاید 'ظفر'
آج چرچہ ہو رہا تھا ان کے گھر والوں کے بیچ

कीजै न दस में बैठ के आपस की बातचीत
पहुंचेगी दस हज़ार जगह दस की बातचीत

कब तक रहें ख़ामोश कि ख़ातिर से आपकी
हमने बहुत सुनी कस-ओ-नाकस की[1] बातचीत

मुद्दत के बाद हज़रते-नासेह[2] ! करम[3] किया
फ़रमाइए मिज़ाजे-मुक़द्दस[4] की बातचीत

पर तर्के-इश्क़ के लिए इर्शाद[6] कुछ न हो
मैं क्या करूं नहीं ये मिरे बस की बातचीत

क्या याद आ गया है 'ज़फ़र' पंजा-ए-निगार[7]
कुछ हो रही है बन्दो-मुखम्मस[8] की बातचीत

---

1. जिस तिस की 2. उपदेशक महोदय 3. कृपा 4. पवित्र मिज़ाज 5. प्रणय-त्याग के 6. आज्ञा 7. माशूक़ के (मेहंदी लगे) हाथ, 8. पांच पंक्तियों वाले बंद की कविता

کیجیے نہ دس میں بیٹھ کے آپس کی بات چیت
پہنچے گی دس ہزار جگہ دس کی بات چیت

کب تک رہیں خموش کہ خاطر سے آپ کی
ہم نے بہت سنی کس و ناکس کی بات چیت

مدت کے بات حضرتِ ناصح! کرم کیا
فرمایئے مزاجِ مقدس کی بات چیت

پر ترکِ عشق کے لیے ارشاد کچھ نہ ہو
میں کیا کروں نہیں یہ مرے بس کی بات چیت

کیا یاد آگئی ہیں 'ظفرؔ' پنجۂ نگار
کچھ ہو رہی ہے بندِ مخمس کی بات چیت

सीने में इक धुआं कई बार उठ के रह गया
निकला न मेरे दिल का बुख़ार उठ के रह गया

आया न मेरे दीदा-ए-गिरियां के[1] सामने
सौ बार देखा अबे-बहार[2] उठ के रह गया

तेरी गली से जा न सका उठ के वो नहीफ़[3]
था एक नातुवां सा[4] ग़ुबार उठ के रह गया

पकड़े जो ख़ारे-दश्ते-जुनूं ने[5] हमारे पांव
अपना क़दम 'ज़फ़र' सरे-ख़ार[6] उठ के रह गया

भड़की है बेतरह ये 'ज़फ़र' आज दिल की आग
आगे तो शो'ला-सा कई बार उठ के रह गया

---

1. आंसू-भरी आंखों के 2. वसन्त का बादल 3. दुर्बल 4. अशक्तसा 5. उन्मादरूपी जंगल के कांटों ने 6. कांटों पर

سینے میں اک دھواں کئی بار اٹھ کے رہ گیا
نکلا نہ میرے دل کا بخار اٹھ کے رہ گیا

آیا نہ میرے دیدۂ گریاں کے سامنے
سو بار دیکھا ابرِ بہار اٹھ کے رہ گیا

تیری گلی سے جا نہ سکا اٹھ کے وہ نحیف
تھا ایک ناتواں سا غبار اٹھ کے رہ گیا

پکڑے جو خارِ دشتِ جنوں نے ہمارے پاؤں
اپنا قدم 'ظفرؔ' سرِ خار اٹھ کے رہ گیا

بھکڑی ہیں بے طرح یہ 'ظفرؔ' آج دل کی آگ
آگے تو شعلہ، سا کئی بار اٹھ کے رہ گیا

न दरवेशों का ख़िर्क़ों[1] चाहिए न ताजे-शाहाना
मुझे तो होश दे इतना कि हूं मैं तुझ पे दीवाना

न देखा वो कहीं जल्वा जो देखा ख़ाना-ए-दिल में[2]
बहुत मस्जिद में सर मारा बहुत-सा ढूंढ़ा बुतख़ना[3]

कुछ ऐसा हो कि जिससे मंज़िले-मक़शूद को[4] पहुंचूं
तरीक़े-पारसाई[5] होवे या हो राहे-रिन्दाना[6]

ये सारी आमदो-शुद[7] है नफ़स की[8] आमदो-शुद पर
इसी तक आना-जाना है न फिर जाना न फिर आना

'ज़फ़र' वो ज़ाहिदे-बेदर्द की[9] हू-हक़[10] से बेहतर है
करे गर रिन्द[11] दर्दे-दिल से हा-ओ-हूए-रिन्दाना[12]

---

1. फ़क़ीरों की गुदड़ी 2. हृदयरूपी घर में 3. मन्दिर 4. गंतव्य को 5. संयम या नेकी का ढंग 6. मद्यपों या बुराई का मार्ग 7. आना-जाना 8. श्वास की 9. बेदर्द पारसा या विरक्त की 10. या अल्लाह 11. मयप 12. मद्यपों जैसा हो-हल्ला

نہ درویشوں کا خرقہ چاہیے نہ تاجِ شاہانہ
مجھے تو ہوش دے اتنا کہ ہوں میں تجھ پہ دیوانہ

نہ دیکھا وہ کہیں جلوہ جو دیکھا خانۂ دل میں
بہت مسجد میں سر مارا بہت سا ڈھونڈھا بت خانہ

کچھ ایسا ہو کہ جس سے منزلِ مقصود کو پہنچوں
طریقۂ پارسائی ہووے یا ہو راہِ رندانہ

یہ ساری آمد و شُد ہے نفس کی آمد و شد پر
اسی تک آنہ جانا ہے نہ پھر جانا نہ پھر آنہ

'ظفرؔ' وہ زاہدِ بے درد کی ہو حق سے بہتر ہے
کرے گر رند دردِ دل سے ہاو ہُوئے رندانہ

सोज़िशे-इश्क़ की[1] है यूं दिले-बेताब से लाग
जिस तरह आतिशे-सोज़ां[2] की हो सीमाब से[3] लाग

आंख किस तरह लगे मेरी कि तुझ बिन हर शब[4]
ख़्वाब को[5] चश्म से[6] है चश्म को है ख़्वाब से लाग

आबरू रखनी है दरिया को गर अपनी मंज़ूर
कहो बांधे न मिरे दीदा-ए-पुरआब से[7] लाग

जामे-कौसर को[8] भी वो मुंह न लगावे साक़ी
जिसके हो लब से[9] लगी जामे-मए-नाब से[10] लाग

की है जिस रोज़ से एअदा ने[11] लगावट इससे
ऐ 'ज़फ़र' बांधी है उस शोख़ ने अहबाब से[12] लाग

---

1. इश्क़ की आग की 2. जलाने वाली आग 3. पारे से 4. रात 5 नींद को 6. आंख से 7. अश्रुपूर्ण आंखों से 8. स्वर्ग की शराब के प्याले को 9. होंठों से 10. शराब के भरे हुए प्याले से 11. प्रतिद्वन्द्वियों ने 12. मित्रों या प्रेमियों से

سوزشِ عشق کی ہے یوں دل بے تاب سے لاگ
جس طرح آتشِ سوزاں کی ہو سیماب سے لاگ

آنکھ کس طرح لگے میری کہ تجھ بن ہر شب
خواب کو چشم سے ہے چشم کو ہے خواب سے لاگ

آبرو رکھنی ہے دریا کو گر اپنی منظور
کہو باندھے نہ مرے دیدۂ پرآب سے لاگ

جامِ کوثر کو بھی وہ منھ نہ لگاوے ساقی
جس کے ہو لب سے لگی جامِ مئے ناب سے لاگ

کی ہے جس روز سے اعداء نے لگاوٹ اس سے
اے 'ظفرؔ' باندھی ہے اس شوخ نے احباب سے لاگ

भूले से भी जिधर वो क़दम पांव पड़ गया
कोसों उधर दिलों ही का सुधराव पड़ गया

ज़हराब[1] दे न तेगे-निगह को[2] इताब से[3]
अच्छा न होगा दिल पे अगर घाव पड़ गया

सुलझेगा क्योंके[4] देखिए दिल जुल्फ़े-यार से[5]
बेतरह इसमें उसमें है। उलझाव पड़ गया

जो का'बे में है शेख़[6] वही बुतकदे में[7] है
नाहक़ का[8] तेरे दिल में ये भटकाव पड़ गया

बाज़ी लगा दे इश्क़ की चौसर में शौक़ से
पौ बारह हैं 'ज़फ़र' जो कोई दाव पड़ गया

---

1. ज़हर का पानी 2. दृष्टिरूपी तलवार को 3. कोष से 4. क्योंकर 5. माशूक़ के केशों से 6. धर्मगुरु 7. मन्दिर में 8. व्यर्थ का

بھولے سے بھی جدھر وہ قدم پاؤں پڑ گیا
کوسوں اُدھر دلوں ہی کا ستھراؤ پڑ گیا

زہراب دے نہ تیغِ نگاہ کو عتاب سے
اچھا نہ ہوگا دل پہ اگر گھاؤ پڑ گیا

سلجھے گا کیونکہ دیکھئے دل زلفِ یار سے
بے طرح اِس میں اُس میں ہے الجھاؤ پڑ گیا

جو کعبہ میں ہے شوخ وہی بت قید میں ہے
ناحق کا تیرے دل میں یہ بھٹکاؤ پڑ گیا

بازی لگا دے عشق کی چوسر میں شوق سے
پو بارہ ہیں 'ظفرؔ' جو کوئی داؤ پڑ گیا

मैं हूं आवारा बरंगे-बू-ए-गुल[1]
एक जा[2] हरगिज़ नहीं मुझको क़रार

होता उस गुल को नहीं मुतलक़[3] असर
मिस्ले-बुलबुल[4] कर चुका नाला[5] हज़ार

दम है आंखों में और इस पर अब तलक
मिस्ले-नर्गिस वा[6] है चश्मे-इन्तिज़ार[7]

कब तलक तेरी जुदाई में रखू
अब्र के मानिन्द[8] आंखें अश्कबार[9]

ऐ 'ज़फ़र' उससे कोई कहता नहीं
जाके इतना भी कि सुन ओ गुल-इज़ार[10]

---

1. फूल की सुगंधि की तरह 2. जगह 3. बिल्कुल 4. बुलबुल की तरह 5. आर्तनाद 6. नर्गिस के फूल की तरह खुली हुई 7. प्रतीक्षित आंखें 8. बादल की तरह 9. अश्रुपूर्ण 10. पुष्पवर्ण

میں ہوں آوارہ برنگ و بوئے گل
ایک جا ہرگز نہیں مجھ کو قرار

ہوتا اس گل کو نہیں مطلق اثر
مثلِ بلبل کر چکا نالہ ہزار

دم ہے آنکھوں میں اور اس پر اب تلک
مثلِ نرگس واں ہے چشمِ انتظار

کب تلک تیری جدائی میں رکھوں
ابر کے مانند آنکھیں اشک بار

اے 'ظفرؔ' اس سے کوئی کہتا نہیں
جاکے اتنا بھی کہ سن او گلعذار

भूला न तुझे ये कभी इस याद को शाबाश
शाबाश हमारे दिले-नाशाद को[1] शाबाश

हर रोज़ सितम ताज़ा है हर रोज़ नया ज़ुल्म
ऐ शोख सितमगर[2] तेरे ईजाद को[3] शाबाश

ये कत्ल का है शौक़ कि उड़ जाय अगर सर
पैदा हो सदा हल्क़ से[4] जल्लाद को शाबाश

मुर्ग़े-चमने-क़ुद्स[5] को इस दाम से[6] क्या काम
पर खेंच ही लाया मुझे सैयाद[7] को शाबाश

है लाख खयालात में फ़िक्रे-सुख़न[8] ऐसा
तेरी 'ज़फ़र' इस तबए-ख़ुदादाद[9] को शाबाश

1. अप्रसन्न मन को 2. अत्याचारी माशूक़ 3. आविष्कार को 4. कण्ठ से 5. स्वर्ग के उपवन के पक्षी को 6. जाल से 7. शिकारी 8. काव्य-चिंतन 9. ईश्वर की ओर से प्रदान की हुई अभिरुचि

بھولا نہ تجھے یہ کبھی اس یاد کو شاباش
شاباش ہمارے دلِ ناشاد کو شاباش

ہر روز ستم تازہ ہے ہر روز نیا ظلم
اے شوخ ستم گر ترے ایجاد کو شاباش

یہ قتل کا ہے شوق کی اڑ جائے اگر سر
پیدا ہو سدا حلق سے جلاد کو شاباش

مرغِ چمنِ قدس کو اس دام سے کیا کام
پر کھینچ ہی لایا مجھے صیاد کو شاباش

ہے لاکھ خیالات میں فکرِ سُخن ایسا
تیری 'ظفرؔ' اس طبعِ خدا داد کو شاباش

दिल ही से पूछो इश्क़ में जो दिल पे बन गई
बिस्मिल[1] ही जानता है जो बिस्मिल पे बन गई

बरपा हो क्यों न खाना-ए-ज़िन्दां में[2] रोज़ गुल
मेरे जुनूं से[4] अब तो सलासिल पे[5] बन गई

पहुंची न रफ़्तगाने-अदम की[6] जो कुछ ख़बर
क्या जाने कैसी जान पे मंज़िल पे बन गई

नाख़ुन पे रफ़्ता-रफ़्ता तेरे सुर्ख़ी-ए-हिना[7]
तस्वीरे-माहे-नौ[8] महे-कामिल पे[9] बन गई

हस्ती के बागबा की[10] 'ज़फ़र' पूछता है क्या
जो कुछ चमन में जाने-अ़नादिल पे[11] बन गई

---

1. घायल 2. बंदीघर में 3. शोर 4. उन्माद से 5. बेड़ियों पर 6. अनस्तित्व या यमलोक को गए हुओं की 7. मेहंदी की लाली 8. नये चांद का चित्र 9. पूर्ण चांद पर 10. अस्तित्व के माली की 11. बुलबुल के प्राणों पर

دل ہی سے پوچھو عشق میں جو دل پہ بن گئی
بسمل ہی جانتا ہے جو بسمل پہ بن گئی

برپا ہو کیوں نہ خانۂ زنداں میں روز غل
میرے جنوں سے اب تو سلاسل پہ بن گئی

پہنچی نہ رفتگانِ عدم کی جو کچھ خبر
کیا جانے کیسی جان پہ منزل پہ بن گئی

ناخن پہ رفتہ رفتہ تیرے سرخیِ حنا
تصویرِ ماہِ نو مہِ کامل پہ بن گئی

ہستی کے باغباں کی 'ظفرؔ' پوچھتا ہے کیا
جو کچھ چمن میں جانِ عنادل پہ بن گئی

नज़र फिर आज शक्ले-नामाबर[1] दो दिन के बाद आई
ख़ुदा जाने कि वां की क्या ख़बर दो दिन के बाद आई

ज़हे क़िस्मत[2] कि मैं दो दिन न जाऊं और वो ये पूछे
कहां थे आप की सूरत नज़र दो दिन के बाद आई

बहारे-गुल[3] है दो दिन फिर उड़ेगी ख़ाक गुलशन में
ख़िज़ां[4] जिस वक़्त ऐ बादे-सहर[5] दो दिन के बाद आई

अजल[6] जिस दिन वो चाहे तू उसी दिन मेरे पास आना
कि होगी ज़िन्दगी मुश्किल, अगर दो दिन के बाद आई

क़ियामत एक दिन इस जल्वा-ए-क़ामत से[7] आनी है
अगर दो दिन न आई ऐ 'ज़फ़र' दो दिन के बाद आई

---

1. पत्र-वाहक की शक़्ल 2. अहोभाग्य 3. वसन्त ऋतु 4. पतझड़ 5. प्रभात समीर 6. मृत्यु 7. ऊंचे क़द के दर्शन से

نظر پھر آج شکلِ نامہ بر دو دن کے بعد آئی
خدا جانے کہ واں کی کیا خبر دو دن کے بعد آئی

زہے قسمت کہ میں دو دن نہ جاؤں اور وہ یہ پوچھے
کہاں تھے آپ کی صورت نظر دو دن کے بعد آئی

بہارِ گل ہے دو دن پھر اڑے گی خاک گلشن میں
خزاں جس وقت اے بادِ سحر دو دن کی بعد آئی

اجل جس دن وہ چاہے تو اسی دن میرے پاس آنا
کہ ہوگی زندگی مشکل اگر دو دن کے بعد آئی

قیامت ایک دن اس جلوۂ قامت سے آنی ہے
اگر دو دن نہ آئی اے 'ظفؔر' دو دن کے بعد آئی

किसी से सीखकर करता है बातें हमसे तू ऐसी
सुनी थी आज तक हमने न तेरी गुफ़्तगू ऐसी

सबा[1] जो फिर रही है बावली सी आज गुलशन में
ख़ुदा जाने कि किस गुल की उसको जुस्तजूं[2] ऐसी

खुली रह जाएंगी बाद अज़फ़ना भी[3] देखना आंखें
कि है तुमको किसी के देखने की आरजू ऐसी

तेरे रुखसार-ओ-गेसू से[4] बता तश्बीह[5] क्योंकर दूं
न है लाला[6] में रंग ऐसा न है संबुल[7] में बू ऐसी

मेरी हर बात पर वो आज ही होता है क्या बरहम[8]
'ज़फ़र' उस बेमुरव्वत की[9] हमेशा से है खू[10] ऐसी

---

1. प्रभात समीर 2. तलाश 3. मरने के बाद भी 4. गालों और बालों से 5. उपमा 6. एक फूल का नाम 7. एक सुगंधित घास 8. क्रुद्ध 9. बेलिहाज़ की 10. आदत

کسی سے سیکھ کر کرتا ہے باتیں ہم سے تُو ایسی
سنی تھی آج تک ہم نے نہ تیری گفتگو ایسی

صبا جو پھر رہی ہے باولی سی آج گلشن میں
خدا جانے کہ کس گل کی ہے اس کو جستجو ایسی

کھلی رہ جائیں گی بعد از فنا بھی دیکھنا آنکھیں
کہ ہے تم کو کسی کے دیکھنے کی آرزو ایسی

تیرے رخسار و گیسو سے بتا تشبیہہ کیوں کر دوں
نہ ہے لالہ میں رنگ ایسا نہ ہے سنبل میں بو ایسی

مری ہر بات پر وہ آج ہی ہوتا ہے کیا برہم
'ظفر' اس بے مروّت کی ہمیشہ سے ہے خو ایسی

इश्क़ में ज़ालिम तिरे क्या ख़ाक हम अच्छे रहे
बरसों ईज़ा में[1] रहे गर एक दम[2] अच्छे रहे

गर दिल-ओ-दीं[3] दे के अपना हम तुम्हें काफ़िर[4] हुए
तुम को क्या नुक्सां हुआ तुम तो सनम[5] अच्छे रहे

हमने इस हस्ती में रह कर ये उठाए रंज-ओ-ग़म
जो रवाना हो गए मुल्के-अदम[6] अच्छे रहे

इश्क़ का आज़ार[7] सेहत से है बेहतर ए तबीब[8]
जो रहे उस शोख़ के बीमारे-ग़म अच्छे रहे

वो रहे खिल कर परेशां उनको दिल-जमई[9] रही
गुल से गुंचा ऐ नसीमे-सुब्ह-दम[10] अच्छे रहे

1. कष्ट में 2. क्षण 3. दिल और धर्म 4. शत्रु, नास्तिक 5. माशूक़ 6. परलोक सिधार गए 7. रोग 8. चिकित्सक 9. संतोष 10. प्रभात समीर

عشق میں ظالم ترے کیا خاک ہم اچھے رہے
برسوں ایذا میں رہے گر ایک دم اچھے رہے

گر دل و دیں دے کے اپنا ہم تمہیں کافر ہوئے
تم کو کیا نقصاں ہوا تم تو صنم اچھے رہے

ہم نے اس ہستی میں رہ کر یہ اٹھائے رنج و غم
جو روانہ ہو گئے ملکِ عدم اچھے رہے

عشق کا آزار صحت سے ہے بہتر اے طبیب
جو رہے اس شوخ کے بیمارِ غم اچھے رہے

وہ رہے کھل کر پریشاں ان کو دل جمعی رہی
گل سے غنچے اے نسیمِ صبح دم اچھے رہے

किसे नाआशना[1] और आशना[2] हम किसको कह बैठें
बुरा हम किसको कह बैठें भला हम किसको कह बैठें

नहीं यां ज़ाहिद-ओ-मुल्ला[3] तो बेहतर है कि कुछ मुंह से
ख़ुदा जाने नशे में साक़िया हम किसको कह बैठें

किसी को क्यों कहें कुछ हम अगर कहना हो कुछ हमको
तो क़िस्मत को कहें इसके सिवा हम किसको कह बैठें

बुरा वो है हक़ीक़त में जो समझे आप को अच्छा
बुरे सब से 'ज़फ़र' हम हैं बुरा हम किसको कह बैठें

o

मज़े से क्या कोई आगाह हो मोहब्बत
न जब तलक कि हो दिल लज़्ज़त-आशना-ए-फ़िराक़[4]

फ़िराक़-ओ-फ़र्क़ में इक हर्फ़ का है फ़र्क़ 'ज़फ़र'
जहां है फ़र्क़ दिलों में वहीं है जाए-फ़िराक़[5]

---

1. अपरिचित 2. परिचित 3. पारसा और धर्मगुरु 4. वियोग के आनन्द से परिचित
5. वियोग का स्थान

کسے نا آشنا اور آشنا ہم کس کو کہہ بیٹھیں
برا ہم کس کو کہہ بیٹھیں بھلا ہم کس کو کہہ بیٹھیں

نہیں یاں زاہد و ملاّ تو بہتر ہے کہ کچھ منھ سے
خدا جانے نشے میں ساقیا ہم کس کو کہہ بیٹھیں

کسی کو کیوں کہیں کچھ ہم اگر کہنا ہو کچھ ہم کو
تو قسمت کو کہیں اس کے سوا ہم کس کو کہہ بیٹھیں

برا وہ ہے حقیقت میں جو سمجھے آپ کو اچھا
برے سب سے 'ظفرؔ' ہم ہیں برا ہم کس کو کہہ بیٹھیں

○

مزے سے کیا کوئی آگاہ ہو محبت کے
نہ جب تلک کہ ہو دل لذت آشنائے فراق

فراق و فرق میں اک حرف کا ہے فرق 'ظفرؔ'
جہاں ہے فرق دلوں میں وہیں ہے جائے فراق

जलाया आप हमने ज़ब्त करके आहे - सोज़ां को[1]
जिगर को, सोने को, पहलू को, दिल को, जिस्म को जां को

हमेशा कुंजे - तन्हाई में[2] हम मूनिस[3] समझते हैं
अलम को[4], यास को,[5] हसरत को, बेताबी को, हिर्मां को[6]

तिरे दन्दां- ओ- लब ने[7] कर दिया बे-क़द्र आलम में[8]
गुहर को, लाल को, याक़ूत को, हीरे को, मरजां को[9]

न हो जब तू ही ऐ साक़ी ! भला फिर क्या करे कोई
हवा को, अब्र को,[10] गुल को, चमन को, सहने-बस्तां को[11]

o

किया ख़ुदाए - जहां - आफ़री ने[12] है पैदा
फ़िराक़[13] मेरे लिए और मुझे बराए - फ़िराक़[14]

डरा न रोज़े- क़ियामत[15] से तू मुझे वाइज़[16]
कि मैंने देखे हैं कितने ही रोज़ - हाए - फ़िराक़[17]

---

1. जला डालने वाली आह को 2. एकांत में 3. साथी 4. ग़म को 5, 6. निराशा को 7. दांतों और होंठों से 8. संसार में 9. मोती, हीरे-जवाहर, मूंगे आदि बहुमूल्य पत्थरों को 10. बादल को 11. उद्यान को 12. संसार के स्रष्टा ने 13. वियोग 14. वियोग के लिए 15. प्रलयदिवस से 16. धर्मोपदेशक 17. वियोग के दिन

جلایا آپ ہم نے ضبط کرکے آہِ سوزاں کو
جگر کو سینے کو پہلو کو دل کو جسم کو جاں کو

ہمیشہ کنجِ تنہائی میں ہم مانوس سمجھے ہیں
الم کو یاس کو حسرت کو بے تابی کو حرماں کو

ترے دندان و لب نے کر دیا بے قدر عالم میں
گہر کو لال کو یاقوت کو ہیرے کو مرجاں کو

نہ ہو جب تو ہی اے ساقی! بھلا پھر کیا کرے کوئی
ہوا کو ابر کو گل کو چمن کو صحنِ بستاں کو

○

کیا خدائے جہاں آفریں نے ہے پیدا
فراق میرے لیے اور مجھے برائے فراق

ڈرا نہ روزِ قیامت سے تو مجھے واعظ
کہ میں نے دیکھے ہیں کتنے ہی روز ہائے فراق

ऐ असीराने - ख़ाना - ए - ज़ंजीर[1]
तुमने यां गुल मचा के क्या पाया

न बुझा सोज़े - दिल[2] जब आंखों से[3]
हमने दरिया बहा के क्या पाया

कुश्ता - ए - तेग़ो - ग़म[4] से पूछ अपने
तूने जी से गुज़र के क्या पाया

हासिदों ने 'ज़फ़र' मिरे सर पर
पूछ बोहतान[5] धरके क्या पाया

०

किया है इश्क़ ने ये ज़ब्र वर्ना दिल पे मेरे
नहीं तुम्हारा कभी इख़्तियार पहले हुआ

'ज़फ़र' रहा वो बशर[6] ख़ूब अब्वलो-आख़िर[7]
जो ख़ाक पीछे हुआ ख़ाकसार[8] पहले हुआ

1. ज़ंजीर की कड़ियों के क़ैदी 2. दिल की आग 3. अर्थात् आंसुओं से 4. विरह-पीड़ा रूपी तलवार से हत 5. मिथ्या-आरोप 6. प्राणी 7. प्रारंभ से अंत तक 8. विनीत, विनम्र

اے اسیرانِ خانۂ زنجیر
تم نے یاں غل مچا کے کیا پایا

نہ بجھا سوزِ دل جب آنکھوں سے
ہم نے دریا بہا کے کیا پایا

کشتۂ تیغِ غم سے پوچھ اپنے
تو نے جی سے گزر کے کیا پایا

حاسدوں نے 'ظفرؔ' مرے سر پر
پوچھ بہتان دھر کے کیا پایا

○

کیا ہے عشق نے یہ جبر ورنہ دل پہ مرے
نہیں تمہارا کبھی اختیار پہلے ہوا

'ظفرؔ' رہا وہ بشر خوب اول و آخر
جو خاک پیچھے ہوا خاکسار پہلے ہوا

बीच में पर्दा दुई का था जो हाइल[1] उठ गया
ऐसा कुछ देखा कि दुनिया से मिरा दिल उठ गया

शम्अ़ ने रो-रो के काटी रात सूली पर तमाम
शब को[2] जो महफ़िल से तू ऐ ज़ेबे-महफ़िल[3] ! उठ गया

मेरी आंखों में समाया उसका ऐसा नूरे - हक़[4]
शौक़-नज़्ज़ारा तिरा ऐ बद्रे-कामिल[5] ! उठ गया

ऐ 'ज़फ़र' क्या पूछता है बेगुनाह-ओ-बरगुनाह[6]
उठ गया अब तो जिधर को दस्ते-क़ातिल[7] उठ गया

फ़िरे हम ढूंढ़ते मुद्दत तलक राहे- मुहब्बत में[8]
रफ़ीक़[9] अपना न कोई भी तिरे ग़म के सिवा पाया

न कोई यार पाया और न कोई आशना[10] पाया
जिसे यां दोस्त जाना उसको दुश्मन जान का पाया

---

1. बाधक 2. रात को 3. महफ़िल की शोभा (माशूक़) 4. सत्य की ज्योति का प्रकाश 5. पूर्ण चन्द्र 6. अपराधी या अनापराधी 7. हत्यारे का हाथ 8. प्रेम-मार्ग में 9. साथी 10. परिचित

بیچ میں پردہ دوئی کا تھا جو حائل اٹھ گیا
ایسا کچھ دیکھا کہ دنیا سے مرا دل اٹھ گیا

شمع نے رو رو کے کاٹی رات سولی پر تمام
شب کو جو محفل سے تو اے زیبِ محفل! اٹھ گیا

میری آنکھوں میں سمایا اسکا ایسا نورِ حق
شوقِ نظارہ ترا اے بدرِ کامل! اٹھ گیا

اے 'ظفر' کیا پوچھتا ہے بے گناہ و بر گناہ
اٹھ گیا اب تو جدھر کو دست قاتل اٹھ گیا

○

پھرے ہم ڈھونڈتے مدت تلک راہِ محبت میں
رفیق اپنا نہ کوئی بھی ترے غم کے سوا پایا

نہ کوئی یار پایا اور نہ کوئی آشنا پایا
جسے یاں دوست جانا اس کو دشمن جان کا پایا

मेरी आंख बन्द थी जब तलक वो नज़र में नूरे-जमाल[1] था
खुली आंख तो न ख़बर रही कि वो ख़्वाब था ख़याल था

मेरे दिल में था कि कहूंगा मैं ये जो दिल में रंज-ओ-मलाल था
वो जब आ गए मेरे सामने तो न रंज था न मलाल था

पसे-पर्दा[2] सुनके तेरी सदा[3] मिरा शौक़-दीद[4] जो बढ़ गया
मुझे इज़्तिराबे- कमाल[5] था, यही वज्द[6] था, यही हाल[7] था

'ज़फ़र' इससे छुटके जो जस्त की[8] तो ये जाना हमने कि वाक़ई
फ़क़त[9] एक क़ैद ख़ुदी[10] की थी न क़फ़स[11] था कोई न जाल था

o

नशे ने बज़्मे - साक़ी में[12] जो मस्तों को उड़ा मारा
लबे- साग़र पे[13] मुंह शीशे ने[14] धर के क़हक़हा मारा

न था कुछ दूर तो रस्ता बहुत उस यार के घर का
मगर हमको हमारी नातुवानी ने[15] थका मारा

---

1. सौन्दर्य का प्रकाश 2. पर्दे के पीछे से 3. आवाज़ 4. दर्शनाभिलाषा 5. अत्यन्त व्याकुलता 6,7. मस्ती में झूमना 8. छलांग लगाई 9. केवल 10. अहंभाव 11. पिंजरा 12. साक़ी की महफ़िल में 13. शराब के प्याले को होंठों पर 14. बोतल ने 15. निर्बलता ने

مری آنکھ بند تھی جب تلک وہ نظر میں نورِ جمال تھا
کھلی آنکھ تو نہ خبر رہی کہ وہ خواب تھا کہ خیال تھا

میرے دل میں تھا کہ کہونگا میں یہ جو دل میں رنج و ملال تھا
وہ جب آگئے مرے سامنے تو نہ رنج تھا نہ ملال تھا

پسِ پردہ سن کے تری صدا، مرا شوقِ دید جو بڑھ گیا
مجھے اضطراب کمال تھا یہی وجد تھا یہی حال تھا

'ظفر' اس سے چھٹکے جو جست کی تو یہ جانا ہم نے کہ واقعی
فقط ایک قید خودی کی تھی نہ قفس تھا کوئی نہ جال تھا

○

نشے نے بزم ساقی میں جو مستوں کو اڑا مارا
لبِ ساغر پہ منھ شیشوں نے دھر کے قہقہا مارا

نہ تھا کچھ دور تو رستہ بہت اس یار کے گھر کا
مگر ہم کو ہماری ناتوانی نے تھکا مارا

तीर तेरा जिसके सीने से गुज़र कर जाएगा
आप जाएगा गुज़र, पर दिल में घर कर जाएगा

वो मुक़ामे- ऐश है दुनिया कि यां से जीते- जी
कौन जाता है, अगर जाएगा मरकर जाएगा

तेरी हस्ती पेश-ख़ैमा[1] है ये तेरा ऐ हुबाब[2]
अब तो कोई दम में यां से तू सफ़र कर जाएगा

कर गया गर इक तबस्सुम[3] बाग़ में आकर वो गुल[4]
देखना गुंचे[5] का सौ टुक्ड़े जिगर कर जाएगा

○

बला से गर न हुआ गुल का दाग़ गल न हुआ
पर अपने घर का ये रौशन चिराग़ गुल न हुआ

किया हज़ार शिगुफ़्ता बहार ने लेकिन
ख़िज़ां के डर से कभी बा-फ़राग़[7] गुल न हुआ

1. पूर्व-संकेत 2. पानी का बुलबुला 3. मुस्कान 4. फूल 5. कली 6. प्रफुल्लित
7. विकसित

تیر تیرا جس کے سینے سے گزر کر جائے گا
آپ جائے گا گزر پر دل میں گھر کر جائے گا

وہ مقامِ عیش ہے دنیا کی یاں سے جیتے جی
کون جاتا ہے اگر جائے گا مر کر جائے گا

تیری ہستی پیش خیمہ ہے یہ تیرا اے حُباب
اب تو کوئی دم میں یاں سے تُو سفر کر جائے گا

کر گیا گر ایک تبسم باغ میں آ کر وہ گل
دیکھنا غنچے کا سو ٹکڑے جگر کر جائے گا

○

بلا سے گر نہ ہوا گل کا داغ گل نہ ہوا
پر اپنے گھر کا یہ روشن چراغ گل نہ ہوا

کیا ہزار شگفتہ بہار نے لیکن
خزاں کے ڈر سے کبھی بافراغ گل نہ ہوا

जब खिलखिला के साक़ी- ए-गुलफ़ाम[1] हंस पड़ा शीशे[2] ने क़हक़हे लिए और जाम[3] हंस पड़ा

गुंचे का[4] मुंह है क्या कि तबस्सुम[5] करेगा फिर
गुलशन में गर वो शोख़ - गुलअंदाम[6] हंस पड़ा

सेराब आबे - तेग़ से[7] होकर बरंगे- गुल[8]
हर एक ज़ख़्मे - आशिक़े - नाक़ाम[9] हंस पड़ा

क्या बात याद आ गई उसको कि ऐ 'ज़फ़र'
वो यक - ब - यक जो सुनके मिरा नाम हंस पड़ा

o

अपनी चश्मे-मस्त की[10] गर्दिश न ऐ साक़ी दिखा
देख चक्कर में अभी जामे - शराब आ जाएगा

ख़ूब होगा हां जो सीने से निकल जाएगा तू
चैन मुझको ऐ दिले- ख़ाना -ख़राब आ जाएगा

---

1. पुष्प-वर्ण साक़ी 2. शराब की बोतल ने 3. शराब का प्याला 4. कली का 5. मुस्कान 6. फूल ऐसे कोमल बदन वाला चंचल (माशूक़) 7. तलवार रूपी पानी से 8. पुष्प-वर्ण 9. असफल प्रेमी का प्रत्येक घाव 10. मस्त आंखों की

جب کھلکھلا کے ساقیِ گلفام ہنس پڑا
شیشے نے قہقہے لیے اور جام ہنس پڑا

غنچے کا منھ ہے کیا کہ تبسم کرے گا پھر
گلشن میں گر وہ شوخ گل اندام ہنس پڑا

سیراب آبِ تیغ سے ہو کر برنگِ گل
ہر ایک زخمِ عاشقِ ناکام ہنس پڑا

کیا بات یاد آگئی اس کو کہ اے 'ظفرؔ'
وہ یک بہ یک جو سن کے مرا نام ہنس پڑا

○

اپنی چشمِ مست کی گردش نہ اے ساقی دکھا
دیکھ چکر میں ابھی جامِ شراب آجائیگا

خوب ہوگا ہاں جو سینے سے نکل جائیگا تو
چین مجھکو اے دلِ خانہ خراب آجائیگا

मेरी जानिब से ग़ैरों ने लगाया कुछ न कुछ होगा
न आया वो तो उसके जी में आया कुछ न कुछ होगा

लड़े हैं मैकदे में[1] आज जो यूं शीशा - ओ - साग़र[2]
करिश्मा चश्मे-साक़ी ने[3] दिखाया कुछ न कुछ होगा

न ढूंढ़ा और न पाया हमने कुछ इस बह्‌रे-हस्ती में[4]
वगरना जिसने ढूंढ़ा उसने पाया कुछ न कुछ होगा

सुना मैंने कटी उनकी भी सारी रात आंखों में
किसी ने मेरा अफ़साना सुनाया कुछ न कुछ होगा

○

रोए जो दिल खोलकर टूक्ड़े जिगर होने लगा
और अगर रोने को रोका दर्दे - सर होने लगा

कुछ ख़बर क़ासिद[5] ने दी ऐसी कि सुनते ही जिसे
दिल से मैं मुझसे मिरा दिल बेख़बर होने लगा

---

1. मधुशाला में 2. मदिरा की बोतल और प्याला 3. साक़ी नज़रों ने 4. जीवन-रूपी सागर में 5. संदेशवाहक ने

میری جانب سے غیروں نے لگایا کچھ نہ کچھ ہوگا
نہ آیا وہ تو اس کے جی میں آیا کچھ نہ کچھ ہوگا

لڑے ہیں میکدے میں آج جو یوں شیشہ و ساغر
کرشمہ چشمِ ساقی نے دکھایا کچھ نہ کچھ ہوگا

نہ ڈھونڈا اور نہ پایا ہم نے کچھ اس ہستی میں
وگرنہ جس نے ڈھونڈا اس نے پایا کچھ نہ کچھ ہوگا

سنا میں نے کٹی ان کی بھی ساری رات آنکھوں میں
کسی نے میرا افسانہ سنایا کچھ نہ کچھ ہوگا

○

روئے جو دل کھول کر ٹکڑے جگر ہونے لگا
اور اگر رونے کو روکا دردِ سر ہونے لگا

کچھ خبر قاصد نے دی ایسی کی سنتے ہی جسے
دل سے میں مجھ سے مرا دل بے خبر ہونے لگا

जुल्फ़ के[1] साए तले वो रुख[2] अगर छुप जाएगा
रात के पर्दे में फिर रूए- सहर[3] छुप जाएगा

ख्वाबे-ग़फ़लत[4] से तेरी जिस वक़्त खुल जाएगी आंख
है जो कुछ आंखों के आगे जल्वा-गर[5] छुप जाएगा

डाल मत अश्कों का[6] पर्दा देख तो पेशे - नज़र[7]
यार ऐने - वस्ल[8] में ऐ चश्मे - तर[9] छुप जाएगा

ताक में हैं आज सारे ग़म्ज़ा - ओ - अन्दाज़ो - नाज़[10]
इन नज़र - बाज़ों से दिल बचकर किधर छुप जाएगा

o

मए-इशरत[11] न थी तालेअ में[12] अपने साक़िया वर्ना
फ़लक़[13] मीना[14] लिए फिरता तो मैं साग़र[15] लिए फिरता

वरगे - नाला - ए - ज़ंजीर[16] मैं ज़िन्दां में[17] हूं लेकिन
मुझे दीवानापन ज़िन्दां से है बाहर लिए फिरता

---

1. केशों के 2. चेहरा 3. सुबह का चेहरा 4. अचेतना-रूपी नींद से 5. दृष्टिगोचर 6. आंसुओं का 7. जो सामने है 8. ठीक मिलने के समय 9. सजल नेत्र 10. नाज़-नख़रे 11. ऐश्वर्य-रूपी मदिरा 12. भाग्य में 13. आकाश 14. शराब की सुराही 15. प्याला 16. ज़ंजीर की तरह (जुड़ा हुआ या स्थायी) 17. क़ैदख़ाने में

زلف کے سائے تلے وہ رخ اگر چھپ جائیگا
رات کے پردے میں پھر رُوئے سحر چھپ جائیگا

خوابِ غفلت سے تری جس وقت کھل جائیگی آنکھ
ہے جو کچھ آنکھوں کے آگے جلوہ گر چھپ جائیگا

ڈال مت اشکوں کا پردہ دیکھ تو پیشِ نظر
یار عینِ وصل میں اے چشمِ تر چھپ جائیگا

تاک میں ہیں آج سارے غمزہ و انداز و ناز
ان نظر بازوں سے دل بچ کر کدھر چھپ جائیگا

○

مئے عشرت نہ تھی طالع میں اپنے ساقیا ورنہ
فلک مینا لیے پھرتا تو میں ساغر لیے پھرتا

برنگِ نالۂ زنجیر میں زنداں میں ہوں لیکن
مجھے دیوانہ پن زنداں سے ہے باہر لیے پھرتا

शम्ए- महफ़िल ने[1] कहा रो-रोके शबे-गुलगीर से[2]
क्या वबाले- सर[3] ये मेरा ताजे-जर[4] पैदा हुआ

हूं वो आज़ाद कि जूं सर्व[5] किसी की ख़ातिर
क़द्दे - ताज़ीम[6] मिरा ख़म न हुआ[7] पर न हुआ

रात हमसायों ने उठ - उठ के दुआएं मांगीं
सोज़े - नाला[8] मेरा मद्धम न हुआ पर न हुआ

ऐ 'ज़फ़र' देखिए उकबा में[9] हो क्या हाल अपना
चैन दुनिया में तो इक दम न हुआ पर न हुआ

०

जिसे ख़याल है कुछ रहमते - इलाही का[10]
गुनाह समझे है दावा वो बेगुनाही का

ये लुत्फ़ देख कि ख़ुद बेनियाज़ है लेकिन
धियान है उसे बन्दों की खैरख़्वाही का[11]

---

1. महफ़िल के दीपक ने 2. रात के समय दीपक की बत्ती काटने वाली कैंची से 3. सिर की मुसीबत 4. सुनहरी ताज (लौ) 5. एक लम्बा वृक्ष 6. आदर के लिए क़द या शरीर 7. झुका नहीं 8. रोने की तपन 9. परलोक में 10. ईश्वरीय कृपा का 11. शुभ-चिन्तता का

شمعِ محفل نے کہا رو رو شب گل گیر سے
کیا وبالِ سر یہ میرا تاجِ زر پیدا ہوا

ہوں وہ آزاد کہ جوں سرو کسی کی خاطر
قدِ تعظیم مرا خم نہ ہوا پر نہ ہوا

رات ہم سایوں نے اٹھ اٹھ کے دعائیں مانگیں
سوزِ نالہ میرا مدھم نہ ہوا پر نہ ہوا

اے 'ظفرؔ' دیکھئے عقبہ میں ہو کیا حال اپنا
چین دنیا میں تو اک دم نہ ہوا پر نہ ہوا

○

جسے خیال ہے کچھ رحمتِ الٰہی کا
گناہ سمجھے ہے دعویٰ وہ بے گناہی کا

یہ زلف دیکھ کہ خود بے نیاز ہے لیکن
دھیان ہے اسے بندوں کی خیر خواہی کا

अक़्ल पे नाज़ है क़ुदरत पे नज़र किसको है
सबको फ़िक्र आज की है कल की ख़बर किसको है

देख हर गुंचा[1] लिए दोश पे[2] है रख़्ते-सफ़र[3]
इस गुलिस्तां से नहीं अज़्मे- सफ़र[4] किसको है

अल्ला-अल्ला रे दराज़ी[5] शबे - हिज्रां[6] तेरी
सुब्हे - महशर तलक[7] उम्मीदे-सहर[8] किसको है

देखता ऐब-ओ-हुनर और का है सब कोई
अपना मालूम 'ज़फ़र' ऐब-ओ-हुनर किसको है

०

था न जब तक सनमे-होशरुबा[9] से वाक़िफ़
हक़ है वल्लाह न -था बंदा ख़ुदा से वाक़िफ़

दे दिया हमने दिल अपना तुझे अफ़सोस कि हम
ऐ दग़ाबाज़ न थे तेरी दग़ा से वाक़िफ़

---

1. कली 2. कंधे पर 3. यात्रा-सामग्री 4. यात्रा-संकल्प 5. लम्बाई 6. वियोग की रात
7. प्रलय की सुबह तक 8. सुबह की आशा 9. होश उड़ाने वाले माशूक़ से

عقل پہ ناز ہے قدرت پہ نظر کس کو ہے
سب کو فکر آج کی ہے کل کی خبر کس کو ہے

دیکھ ہر غنچہ لیے دوش پہ ہے رختِ سفر
اس گلستاں سے نہیں عزمِ سفر کس کو ہے

اللہ اللہ رے درازی شبِ ہجراں تیری
صبحِ محشر تلک امیدِ سحر کس کو ہے

دیکھتا عیب و ہنر اور کا ہے سب کوئی
اپنا معلوم 'ظفر' عیب و ہنر کس کو ہے

○

تھا نہ جب تک صنمِ ہوش رُبا سے واقف
حق ہے واللہ نہ تھا بندہ خدا سے واقف

دے دیا ہم نے دل اپنا تجھے افسوس کہ ہم
اے دغا باز نہ تھے تیری دغا سے واقف

नहीं जाता किसी से वो मरज़ जो है नसीबों का
न क़ाइल हूं दवा का मैं न काइल हूं तबीबों का[1]

न शिकवा दुश्मनों का है न है शिकवा हबीबों का[2]
शिकायत है तो क़िस्मत की गिला है तो नसीबों का

हम अपने कुंजे-ग़म में[3] नाला-ओ-फ़रियाद करते हैं[4]
हमें क्या गर चमन में चहचहा है अन्दलीबों का[5]

जो ज़ाहिर[6] पास हों दिन-रात और वो दूर हैं दिल से
बईदों से[7] ज़्यादा हाल समझो उन क़रीबों का

o

गुल कुछ तो इस चमन की हवा खा के झड़ पड़े
वो क्या करें कि गुंचे[8] ही कुम्हलाके झड़ पड़े

कैसी हवा चली चमने -दिल में ऐ 'ज़फ़र'
सब बर्गो - बार[9] नख़्ले-तमन्ना के[10] झड़ पड़े

---

1. चिकित्सकों का 2. मित्रों का 3. ग़मों के समूह (घर) में 4. रोते और फ़रियाद करते हैं 5. बुलबुलों का 6. देखने में 7. दूर वालों से 8. कलियां 9. पत्ते और फल 10. आकांक्षा-रूपी वृक्ष के

نہیں جاتا کسی سے وہ مرض جو ہے نصیبوں کا
نہ قائل ہوں دوا کا میں نہ قائل ہوں طبیبوں کا

نہ شکوہ دشمنوں کا ہے نہ ہے شکوہ حبیبوں کا
شکایت ہے تو قسمت کی گلا ہے تو نصیبوں کا

ہم اپنے کنجِ غم میں نالہ و فریاد کرتے ہیں
ہمیں کیا گر چمن میں چہچہا ہے عندلیبوں کا

جو ظاہر پاس ہوں دن رات اور وہ دور ہیں دل سے
بعیدوں سے زیادہ حال سمجھو ان قریبوں کا

○

گل کچھ تو اس چمن کی ہوا کھا کے جھڑ پڑے
وہ کیا کرے کہ غنچے ہی کمہلا کے جھڑ پڑے

کیسی ہوا چلی چمنِ دل میں اے 'ظفرؔ'
سب برگ و بار نخلِ تمنا کے جھڑ پڑے

जहां पहले थे हम अब वो मकां पाया नहीं जाता
अगर ढूंढ़ें निशां उसका निशां पाया नहीं जाता

जहां है ख़ूब वोही है जहां हमको सदा रहना
मगर यां वो जहाने- जाविदां[1] पाया नहीं जाता

फिरे भटका न क्योंकर ताइरे-दिल[2] बहरे-आसाइश[3]
कि इस बाग़े-जहां में आशियां[4] पाया नहीं जाता

कहोगे हाले-दिल क्या ऐ 'ज़फ़र' उन महजबीनों से[5]
कि उनका तो दिमाग ऐ मेह्‌बां पाया नहीं जाता

o

या तो अपने पास थे वो या क़रीब औरों के हैं
जो नसीब आगे थे अपने वो नसीब औरों के हैं

तेरे नाले वो बलां-जांकाह[7] हैं इक गुल[8] तो क्या
करते ये दिल में असर ऐ अन्दलीब[9] औरों के हैं

---

1. अमर-लोक 2. मनरूपी पक्षी 3. सुख (प्राप्त करने के लिए 4. घर (घोंसला) 5. चांद ऐसी सुन्दरियों से 6. आर्तनाद 7. जानलेवा 8. फूल 9. बुलबुल

جہاں پہلے تھے ہم اب وہ مکاں پایا نہیں جاتا
اگر ڈھونڈیں نشاں اس کا نشاں پایا نہیں جاتا

جہاں ہے خوب وو ہی ہے جہاں ہم کو سدا رہنا
مگر یاں وہ جہانِ جاوداں پایا نہیں جاتا

پھرے بھٹکا نہ کیونکر طائرِ دل بہرِ آسائش
کہ اس باغِ جہاں میں آشیاں پایا نہیں جاتا

کہوگے حالِ دل کیا اے 'ظفؔر' ان مہ جبینوں سے
کہ ان کا تو دماغ اے مہرباں پایا نہیں جاتا

○

یا تو اپنے پاس تھے وہ یا قریب اوروں کے ہیں
جو نصیب آگے تھے اپنے وہ نصیب اوروں کے ہیں

تیرے نالے وہ بلا جاں کاہ ہیں اک گل تو کیا
کرتے یہ دل میں اثر اے عندلیب اوروں کے ہیں

हमदमों का[1] पूछना हर दम मिरा दम[2] खा गया
क्या कहूं मैं दम नहीं मुझमें मुझे ग़म खा गया

डूबे- आबे गिरिया से[3] तेरे फ़क़त[4] कुहसार[5] क्या
बल्कि ग़ोता आस्मां ऐ चश्मे-पुरनम[6] खा गया

छोड़कर तुझको दिले-आशिक़ ने क्या पाया मज़ा
तेरे कोड़े मुफ़्त वो ऐ ज़ुल्फ़े - पुरख़म[7] खा गया

गर्दिशे- चश्म[8] अपनी दिखलाई जो उस बे-मेह्र ने[9]
आस्मां क्या बल्कि चक्कर अर्शे-आज़म[10] खा गया

o

ज़ेबा[11] हो क्यों न हाथ में साक़ी के जाने-मै[12]
वो है बरंगे - शाख़[13] तो ये है बजाए-गुल[14]

है रब्त[15] हुस्नो - इश्क़ को आपस में ऐ 'ज़फ़र'
गुल है बराए[16] बुलबुल औ' बुलबुल बराए गुल

---

1. साथियों का 2. जान 3. आंसुओं के पानी से 4. केवल 5. पर्वतीय स्थल 6. सजल नेत्र 7. घुंघराले केश 8. कटाक्ष 9. निर्दयी ने 10. सबसे ऊंचा या सातवां आसमान 11. शोभामान 12. शराब का प्याला 13. शाख़ा की रंगत वाला 14. फूल के समान 15. सम्बन्ध 16. के लिए

ہمدمو کا پوچھنا ہر دم مرا دم کھا گیا
کیا کہوں میں دم نہیں مجھ میں مجھے غم کھا گیا

ڈوبے آبِ گریہ سے تیرے فقط کہسار کیا
بلکہ غوطہ آسماں اے چشمِ پُرنم کھا گیا

چھوڑ کر تجھ کو دلِ عاشق نے کیا پایا مزا
تیرے کوڑے مفت وہ اے زلفِ پُرخم کھا گیا

گردشِ چشم اپنی دکھلائی جو اس بے مہر نے
آسماں کیا بلکہ چکر عرشِ اعظم کھا گیا

○

زیبا ہو کیوں نہ ہاتھ میں ساقی کے جامِ مے
وہ ہے برنگِ شاخ تو یہ ہے بجائے گل

ہے ربط حسن و عشق کو آپس میں اے 'ظفرؔ'
گل ہے برائے بلبل اور بلبل برائے گل

न उसका भेद यारी से न ऐयारी से[1] हाथ आया
ख़ुदा आगाह है दिल की ख़बरदारी से हाथ आया

न हों जिसके ठिकाने होश वो मंज़िल को क्या पहुंचे
कि रस्ता हाथ आया जिसके हुशियारी से हाथ आया

हुआ हक़ में[2] हमारे क्यों सितमगर आस्मां[3] इतना
कोई पूछे कि ज़ालिम क्या सितमगारी से हाथ आया

अगर कुछ माले- दुनिया हाथ भी आया हरीसों के[4]
तो देखा हमने किस-किस ज़िल्लतो-ख़्वारी से[5] हाथ आया

o

समझना इश्क़ को आफ़त और इस आफ़त में फंस जाना
ग़रज़ दाना[6] भी हम कितने हैं और नादान कितने हैं

मुझे शिकवा नहीं उसके सितम का कोई क्या जाने
कि इसमें लुत्फ़[7] कितने उसके और एहसान कितने हैं

1. धूर्तता से 2. पक्ष में 3. अत्याचारी आकाश या भाग्य 4. लालचियों के 5. अपमानों से 6. बुद्धिमान 7. कृपाएं

نہ اس کا بھید یاری سے نہ عیاری سے ہاتھ آیا
خدا آگاہ ہے دل کی خبرداری سے ہاتھ آیا

نہ ہوں جس کے ٹھکانے ہوش وہ منزل کو کیا پہنچے
کہ رستہ ہاتھ آیا جس کے ہشیاری سے ہاتھ آیا

ہوا حق میں ہمارے کیوں ستم گر آسماں اتنا
کوئی پوچھے کہ ظالم کیا ستم گاری سے ہاتھ آیا

اگر کچھ مال دنیا ہاتھ بھی آیا حریصوں کے
تو دیکھا ہم نے کس کس ذلت وخواری سے ہاتھ آیا

○

سمجھنا عشق کو آفت اور اس آفت میں پھنس جانا
غرض دانا بھی ہم کتنے ہیں اور نادان کتنے ہیں

مجھے شکوہ نہیں اس کے ستم کا کوئی کیا جانے
کہ اس میں لطف کتنے اس کے اور احسان کتنے ہیں

कर गई वीरां चमन बादे-सबा[1] गुल[2] झाड़ के
बस क़फ़स में[3] बैठ रह पर अपने बुलबुल झाड़ के

खूब झड़ी आज शेख़ी अब्रे-गौहर-वार की[4]
उसने बाद-अज़-ग़ुस्ल[5] अपनी ज़ुल्फ़ों-काकुल[6] झाड़के

कह दो गुंचे से[7] न फूले मुश्ते-ज़र[8] पर बाग़ में
आख़िरश जाना है यां से हाथ बिल्कुल झाड़ के

चश्म[9] हो आने की गर तेरे करूं इक पल में साफ़
अपना घर पलकों से मैं ऐ पुर-तग़ाफुल[10] झाड़ के

o

पर्दा दुई का बीच में हाइल अगर न हो
कीजे जिधर निगह वही पेशे-निगाह[11] है

क्यों शाहिद[12] अपने हाल के हम ढूंढें ऐ 'ज़फ़र'
ये है जो बेकसी, यही अपनी गवाह है

---

1. प्रभात समीर 2. फूल 3. पिंजरे में 4. मोती बरसाने वाली घटा की 5. नहाने के बाद 6. केश और लटें 7. कली से 8. मुट्ठी-भर पराग 9. आंख, दृष्टि, विचार 10. सर्वथा उपेक्षाकर्ता (माशूक़) 11. दृष्टिगोचर 12. साक्षी

کر گئی ویراں چمن بادِ صبا گل جھاڑ کے
بس قفس میں بیٹھ رہ پر اپنے بلبل جھاڑ کے

خوب جھاڑی آج شوخی آبِ گوہر دار کی
اس نے بعد از غسل اپنی زلف و کاکل جھاڑ کے

کہہ دو غنچے سے نہ پھولے مشتِ زر پر باغ میں
آخرش جانا ہے یاں سے ہاتھ بالکل جھاڑ کے

چشم ہو آنے کی گر تیرے کروں اک پل میں صاف
اپنا گھر پلکوں سے میں اے پُر تغافل جھاڑ کے

○

پردہ دوئی کا بیچ میں حائل اگر نہ ہو
کیجیے جدھر نگہ وہی پیشِ نگاہ ہے

کیوں شاہد اپنے حال کے ہم ڈھونڈیں اے 'ظفؔر'
یہ ہے جو بے کسی یہی اپنی گواہ ہے

रस्मे - उल्फ़त[1] न अदूए-दिलो-दीं से[2] पूछो
दोस्तो उसको जो पूछो तो, हमीं से पूछो

रविशे-नक़्शे-क़दम[3] ख़ाक में मिलने का मज़ा
अपने कूचे के किसी ख़ाक - नशीं से[4] पूछो

मुझसे क्या पूछते हो तुम सबबे-सोज़िशे-इश्क़[5]
इक ज़रा अपने ही हुस्ने-नमकीं से[6] पूछो

दिल की अज़बर[7] हैं मोहब्बत के मतालिब[8] सारे
बेतकल्लुफ़ ये बताएगा कहीं से पूछो

o

हो जाए दस्तरस[9] जो तेरी ज़ुल्फ़ तक मुझे
मैं जानूं आ गया मेरे मुल्के-ततार[10] हाथ

मौक़ूफ़[11] एक हाथ से उसका करम[12] नहीं
देने पे आए वो तो 'ज़फ़र' हैं हज़ार हाथ

---

1. प्रणय रीति 2. दिल और धर्म के शत्रु से 3. पदचिह्नों की तरह 4. मिट्टी में मिले हुए से 5. इश्क़ की तपन का कारण 6. सलोने सौन्दर्य से 7. ज़बानी याद 8. अर्थ 9. पहुंच 10. ततार नामक धनाढ्य अरब देश 11. सीमित 12. कृपा

رسمِ الفت نہ عدوئے دل و دیں سے پوچھو
دوستو اس کو جو پوچھو تو ہمیں سے پوچھو

روشِ نقشِ قدم خاک میں ملنے کا مزا
اپنے کوچہ کے کسی خاک نشیں سے پوچھو

مجھ سے کیا پوچھتے ہو تم سببِ سوزشِ عشق
ایک ذرا اپنے ہی حسنِ نمکیں سے پوچھو

دل کو ازبر ہیں محبت کے مطالب سارے
بے تکلف یہ بتائے گا کہیں سے پوچھو

○

ہو جائے دسترس جو تری زلف تک مجھے
میں جانوں آگیا میرے ملکِ تتار ہاتھ

موقوف ایک ہاتھ پہ اس کا کرم نہیں
دینے پہ آئے وہ تو 'ظفرؔ' ہیں ہزار ہاتھ

वो तीर और है जिस तीर का फ़िगार[1] हूं मैं
वो दाम[2] और है जिस दाम का शिकार हूं मैं

वो कारवां कि जो मंज़िल पे अपनी जा पहुंचा
उसी के पीछे रवां सूरते - गुबार[3] हूं मैं

न मैं हूं ताइरे-बिस्मिल[4] न माहिए - बे - आब[5]
इलाही क्या हूं मैं बेताब - ओ - बेक़रार हूं मैं

समझते इश्क़ में बेहोशो - बेख़बर हैं मुझे
खबर नहीं कि ख़बरदार होशियार हूं मैं

○

तपे-दम से[6] जब अपना दीदा-ए-तर[7] सूख जाता है
तो बे-आबी से[8] दरिया क्या समन्दर सूख जाता है

कहूं क्या तिश्नाकामी[9] अपनी आते-आते ही तब तक
शराबे-नाब का लबरेज़ सागर[10] सूख जाता है

1. घायल 2. जाल 3. गुबार की तरह चल रहा 4. घायल पक्षी 5. जल बिन मीन
6. श्वास की गर्मी से 7. सजल नेत्र 8. पानी न होने से 9. प्यास 10. भरा हुआ प्याला

وہ تیر اور ہے جس تیر کا فگار ہوں میں
وہ دام اور ہے جس دام کا شکار ہوں میں

وہ کارواں کہ جو منزل پہ اپنی جا پہنچا
اسی کی پیچھے رواں صورتِ غبار ہوں میں

نہ میں ہوں طائر بسمل نہ ماہی بے آب
الٰہی کیا ہوں میں بے تاب و بے قرار ہوں میں

سمجھتے عشق میں بے ہوش و بے خبر ہیں مجھے
خبر نہیں کہ خبردار ہوشیار ہوں میں

○

تپ دم سے جب اپنا دیدۂ تر سوکھ جاتا ہے
تو بے آبی سے دریا کیا سمندر سوکھ جاتا ہے

کہوں کیا تشنہ کامی اپنی آتے آتے ہی تب تک
شرابِ ناب کا لبریز ساغر سوکھ جاتا ہے

बहकाने वाले आपके सब यार बन गए
समझाने वाले मुफ़्त गुनहगार बन गए

कैफ़ियत[1] अपनी चश्मे-सियह-मस्त की[2] न पूछ
सूफ़ी तमाम देख के मयख़्वार[3] बन गए

कैसी बनेगी देखिए क्योंकर छुपेगा राज़
ग़म्माज़[4] मेरे दीदा-ए-ख़ूंबार[5] बन गए

भेजा था मैंने अपनी तरफ़ से जिन्हें वहां
जाते ही सब वो उसके तरफ़दार बन गए

०

बही है जाने - जहां इस जहां के पर्दे में
कि कर रहा है सितम आसमां के पर्दे में

'ज़फ़र' ज़माने की नैरंगियों ने[6] क्या-क्या रंग
दिखाए हमको बहार-ओ-ख़िज़्रां के पर्दे में

---

1. स्थिति 2. मस्त काली आंखों की 3. शराबी 4. चुगलख़ोर 5. ख़ून के आंसू रोने वाली आंखें 6. परिवर्तनों ने

بہکانے والے آپ کے سب یار بن گئے
سمجھانے والے مفت گہنگار بن گئے

کیفیت اپنی چشم سیہ مست کی نہ پوچھ
صوفی تمام دیکھ کے میخوار بن گئے

کیسے بنے گی دیکھئے کیونکر چھپے گا راز
غماز میرے دیدۂ خوں بار بن گئے

بھیجا تھا میں نے اپنی طرف سے جنھیں وہاں
جاتے ہی سب وہ اس کے طرف دار بن گئے

○

وہی ہے جانِ جہاں اس جہاں کے پردے میں
کہ کر رہا ہے ستم آسماں کے پردے میں

'ظفر' زمانے کی نیرنگیوں نے کیا کیا رنگ
دکھائے ہم کو بہار و خزاں کے پردے میں

न ख़िरद,[1] न होश, न तद्‌बीर पर शाकिर[2] हैं हम
दोस्तो अपनी फ़क़त[3] तक़्दीर पर शाकिर हैं हम

करते क्या-क्या शुक्र कुछ होता जो नालों में[4] असर
जबकि अपनी आहे-बे-तासीर पर[5] शाकिर हैं हम

हाथ से क़ातिल के कुछ शिक्वा नहीं करते कभी
रखके आप अपना गला शमशीर पर[6] शाकिर हैं हम

तू बुरा कह या भला हमसे न हो तेरा गिला
ऐ सितमगर तेरी हर तक़्रीर पर[7] शाकिर हैं हम

o

लिक्खा पेशानी का पेश[8] आता है[9] हम शाकी[10] नहीं
कातिबे-तक़दीर[11] की तह्‌रीर पर[12] शाकिर हैं हम

है 'ज़फ़र' हम-सा जफ़ा-कश[13] कौन ज़ेरे-आस्मां[14]
हर जफ़ाए-आसमाने-पीर पर[15] शाकिर हैं हम

---

1. बुद्धि 2. कर्म पर सन्तुष्ट 3. केवल 4. आर्तनाद में 5. प्रभावहीन आहों पर 6. तलवार पर 7. कथन पर 8. माथे या भाग्य का 9. सामने आता है 10. शिकायत करने वाले 11. भाग्य लिखने वाले की 12. लिखने पर 13. अत्याचार सहने वाला 14. आकाश के नीचे अर्थात् धरती पर 15. बूढ़े आकाश (भाग्य-विधाता) के अत्याचार पर

نہ خرد نہ ہوش نہ تدبیر پر شاکر ہیں ہم
دوستو اپنی فقط تقدیر پر شاکر ہیں ہم

کرتے کیا کیا شکر کچھ ہوتا جو نالوں میں اثر
جبکہ اپنی آہِ بے تاثیر پر شاکر ہیں ہم

ہاتھ سے قاتل کے کچھ شکوہ نہیں کرتے کبھی
رکھ کے آپ اپنا گلا شمشیر پر شاکر ہیں ہم

تو برا کہہ یا بھلا ہم سے نہ ہو تیرا گلہ
اے ستم گر تیری ہر تقریر پر شاکر ہیں ہم

○

لکھا پیشانی کا پیش آتا ہے ہم شاکی نہیں
کاتبِ تقدیر کی تحریر پر شاکر ہیں ہم

ہے 'ظفرؔ' ہم سا جفا کش کون زیرِ آسماں
ہر جفائے آسمانِ پیر پر شاکر ہیں ہم

गर्द हूं या ग़ुबार हूं क्या हूं
खाक हूं ख़ाकसार हूं क्या हूं

नहीं मालूम लाग़री से[1] मैं
रगे-गुल[2] हूं कि ख़ार[3] हूं क्या हूं

जो नहीं इतनी सीना कावी से[4]
मैं अगर नामदार[5] हूं क्या हूं

इतना हूं होशियार ग़फ्लत में[6]
मैं अगर होशियार हूं क्या हूं

ज़ां - निसारी से अपनी शाद[7] 'ज़फ़र'
मैं जो उस पर निसार हूं क्या हूं

०

हमेशा लाल ही तुझसे तो चश्मे-तर[8] बरसते हैं
वगरना अब्रे - नेसां से[9] कभी गौहर[10] बरसते हैं

जुनूं[11] रहमत[12] मुझे तेरी बदौलत दस्ते-तिफ़्लां से[13]
जिधर को हम निकलते हैं उधर पत्थर बरसते हैं

---

1. दुर्बलता से 2. फूल का रेशा 3. कांटा 4. अत्यन्त परिश्रम से 5. प्रसिद्ध, उच्च 6. बेख़बरी में 7. प्रसन्न 8. सजल नेत्र 9. वर्षाकालीन बादल से 10. मोती 11. उन्माद 12. कृपा 13. बच्चों के हाथ से

گرد ہوں یا غبار ہوں کیا ہوں
خاک ہوں خاکسار ہوں کیا ہوں

نہیں معلوم لاغری سے میں
رگِ گل ہوں کہ خار ہوں کیا ہوں

جو نہیں اتنی سینہ کاوی سے
میں اگر نام دار ہوں کیا ہوں

اتنا ہوں ہوشیار غفلت میں
میں اگر ہوشیار ہوں کیا ہوں

جاں نثاری سے اپنی شاد 'ظفرؔ'
میں جو اس پر نثار ہوں کیا ہوں

○

ہمیشہ لعل ہی تجھ سے تو چشمِ تر برستے ہیں
وگرنہ آبِ نیساں سے کبھی گوہر برستے ہیں

جنوں رحمت مجھے تیری بدولت دستِ طفلاں سے
جدھر کو ہم نکلتے ہیں ادھر پتھر برستے ہیں

जुज़[1] बादा हमें बादा - परस्ती में न सूझा
कुछ सूदो-ज़रर[2] आलमे-हस्ती में न सूझा

जा बैठा है सहरा में अ़बस[3] शहर से ज़ाहिद[4]
क्या सूझेगी जंगल में जो बस्ती में न सूझा

पस्ती में जो देखा वो बुलंदी में न देखा
सूझा जो बुलंदी में वो पस्ती में न सूझा

नर्गिस की रविश[5] आंख 'ज़फ़र' हमने जो खोली
उस गुल के सिवा आ़लमे - हस्ती में न सूझा

०

नहीं परवाज़ की[6] सैयाद[7] बालो-पर में[8] जब ताक़त
क़फ़स से[9] हम असीरों की[10] रिहाई गर हुई तो क्या

पहुंच सकती नहीं फ़रियाद उस मवश के[11] कानों तक
फ़लक तक आह[12] को मेरे रसाई गर हुई तो क्या

---

1. सिवाय 2. लाभ-हानि 3. व्यर्थ 4. विरक्तता 5. नर्गिस नामक फूल की तरह 6. उड़ने की 7. शिकारी 8. पंखों और बालों में 9. पिंजरे से 10. बन्दियों की 11. चांद ऐसी सुन्दरी के 12. आकाश तक

جز بادہ ہمیں بادہ پرستی میں نہ سوجھا
کچھ سود و زیاں عالمِ ہستی میں نہ سوجھا

جا بیٹھا ہے صحرا میں عبس شہر سے زاہد
کیا سوجھے گا جنگل میں جو بستی میں نہ سوجھا

پستی میں جو دیکھا وہ بلندی میں نہ دیکھا
سوجھا جو بلندی میں وہ پستی میں نہ سوجھا

نرگس کی روش آنکھ 'ظفرؔ' ہم نے جو کھولی
اس گل کے سوا عالمِ ہستی میں نہ سوجھا

○

نہیں پرواز کی صیاد بال و پر میں جب طاقت
قفس سے ہم اسیروں کی رہائی گر ہوئی تو کیا

پہنچ سکتی نہیں فریاد اس مہوش کے کانوں تک
فلک تک آہ کو میرے رسائی گر ہوئی تو کیا

गालियां दे चुके अब नाला-ओ-ज़ारी[1] तो सुनो
अपनी सब कह चुके थोड़ी-सी हमारी तो सुनो

न सुनो तुम मिरी तौक़ीर[2] की बातें न सुनो
पर बला से मेरी तुम ज़िल्लत-ओ-ख़्वारी[3] तो सुनो

नासहो[4] हाले-ग़मे-इश्क़ सुनो तुम क्योंकर
होवे हालत जो हमारी-सी तुम्हारी तो सुनो

ऐ 'ज़फ़र' सुनते हो क्यों बातें किसी की बेकार
कुछ अगर सुनने से हो कार-बरारी[5] तो सुनो

○

शाहिदे-मक़सूद तक[6] पहुंचेंगे क्योंकर देखिए
बन्द है बाबे - तमन्ना[7], है ग़ज़ब खुलता नहीं

किस तरह मालूम होवे उसके दिल का मुद्दआ[8]
मुझसे बातों में 'ज़फ़र' वो गुचां-लब[9] खुलता नहीं

---

1. आर्तनाद 2. आत्म-सम्मान 3. निरादरता 4. उपदेशको 5. कार्य होना 6. उद्देश्य-रूपी माशूक़ तक 7. आकांक्षारूपी दरवाज़ा 8. उद्देश्य 9. कली ऐसे होंठों वाला (माशूक़)

گالیاں دے چکے اب نالہ و زاری تو سنو
اپنی سب کہہ چکے تھوڑی سی ہماری تو سنو

نہ سنو تم مری توقیر کی باتیں نہ سنو
پر بلا سے میری تم ذلت و خواری تو سنو

ناصحو حالِ غمِ عشق سنو تم کیونکر
ہووے حالت جو ہماری سی تمہاری تو سنو

اے 'ظفر' سنتے ہو کیوں باتیں کسی کی بیکار
کچھ اگر سننے سے ہو کار براری تو سنو

○

شاہدِ مقصود تک پہنچیں گے کیونکر دیکھیے
بند ہے بابِ تمنا، ہے غضب کھلتا نہیں

کس طرح معلوم ہووے اس کے دل کا مدّعا
مجھ سے باتوں میں 'ظفر' وہ غنچہ لب کھلتا نہیں

जो देखूं बज़्म में[1] उस शोख जंगजू की[2] तरफ़
छुरी को देख के देखे मिरे गलू की तरफ़[3]

तुझी को देखते हैं अपनी दिल की आंखों से
तिरे सिवा नहीं हम देखते कसू की[4] तरफ़

जो पाई बज़्म में साक़ी तिरी जगह ख़ाली
भर आया देख के दिल साग़र-ओ-सुबू की[5] तरफ़

न उसकी बज़्म में आंसू बहाइयो ए चश्म[6]
निगाह रखियो ज़रा मेरी आबरू की तरफ़

o

क्योंकर हम दुनिया में आए कुछ सबब[7] खुलता नहीं
इक सबब क्या भेद वां का सब का सब खुलता नहीं

दिल है ये गुंचा नहीं है इसका उक़्दा[8] ऐ सबा[9]
खोलने का जब तलक आए न ढब खुलता नहीं

---

1. महफ़िल में 2. लड़ाकू (माशूक़) की 3. गले की ओर 4. किसी की 5. प्याले की 6. आंख 7. कारण 8. रहस्य 9. प्रभात समीर

جو دیکھوں بزم میں اس شوخ جنگجو کی طرف
چھری کو دیکھ کے دیکھ میرے گلو کی طرف

تجھی کو دیکھتے ہیں اپنی دل کی آنکھوں سے
ترے سوا نہیں ہم دیکھتے کسو کی طرف

جو پائی بزم میں ساقی تری جگہ خالی
بھر آیا دیکھ کے دل ساغر و سبو کی طرف

نہ اس کی بزم میں آنسو بہائیو اے چشم
نگاہ رکھیو ذرا میری آبرو کی طرف

○

کیونکر ہم دنیا میں آئے کچھ سبب کھلتا نہیں
اک سبب کیا بھید واں کا سب کا سب کھلتا نہیں

دل ہے یہ غنچہ نہیں ہے اس کا عقدہ اے صبا
کھولنے کا جب تلک آئے نہ ڈھب کھلتا نہیں

है दाग़े - दिल जो आशिक़े - रंजूर का[1] चिराग़
होवेगा बादे - मर्ग[2] यही गोर का[3] चिराग़

ऐ शम्अ़ - रू[4] तिरे रुख़े - रौशन के[5] रू-ब-रू
बे - नूर[6] हो गया महे - पुरनूर का[7] चिराग़

कुश्ता[8] हूं चश्मे - मस्त का, मेरे मज़ार पर[9]
लाज़िम है जाम[10] बादाए - अंगूर का[11] चिराग़

रौशन - दिलों के कुर्ब में[12] हैं लाका फ़ायदे
आता नहीं है काम 'ज़फ़र' दूर का चिराग

o

शो'ले को मिरे सोज़िशे - दिल पर[13] जो रश्क़[14] है
जलता है बज़्म में[15] मिरे मज़कूर से[16] चिराग़

रौशन हो आफ़ताब[17] क़ियामत का[18] ऐ 'ज़फ़र'
हम दिल-जलों की शम्अ़ सरे-गोर से[19] चिराग़

---

1. व्यथित प्रेमी का 2. मरने के बाद 3. क़ब्र का 4. शमा ऐसे प्रकाशमान चेहरे वाले (माशूक़) 5. प्रकाशमान चेहरे के 6. ज्योतिहीन 7. प्रकाशमान चांद का 8. हत 9. क़ब्र पर 10. प्याला 11. अंगूर की शराब का 12. सामीप्य में 13. मन की ज्वाला पर 14. ईर्ष्या 15. महफ़िल में 16. मेरी चर्चा किए जाने से 17. सूर्य 18. प्रलय का 19. क़ब्र पर से

ہے داغِ دل جو عاشقِ رنجور کا چراغ
ہووےگا بعدِ مرگ یہی گور کا چراغ

اے شمع رو ترے رُخِ روشن کے روبرو
بے نور ہو گیا مہِ پُرنور کا چراغ

کشتہ ہوں چشمِ مست کا میرے مزار پر
لازم ہے جام بادۂ انگور کا چراغ

روشن دلوں کے قرب میں ہیں لاکھ فائدے
آتا نہیں ہے کام 'ظفرؔ' دور کا چراغ

○

شعلے کو میرے سوزشِ دل پر جو رشک ہے
جلتا ہے بزم میں مرے مذکور سے چراغ

روشن ہو آفتاب قیامت کا اے 'ظفرؔ'
ہم دل جلوں کی شمع سرِ گور سے چراغ

मिलाता ख़ाक में है सबको मिस्ले - नक्शे - क़दम[1]
ज़मीं पे रखता किसी के नहीं निशान को चर्ख़[2]

बचे जो चर्ख़ की गर्दिश से क्या बचे इन्सां
ये चर्ख़ वो है जो कर दे फ़रिश्ता ख़्वान को[3] चर्ख़[4]

नहीं सितारे ये भर लाया अपनी चश्म में अश्क[5]
शबे फ़िराक़ में[6] सुनकर मेरी फुग़ान को[7] चर्ख

जो ख़ाक भी हूं तो हूं फ़ख़दीन के दर की
ज़फ़र' छुड़ाए न मुझसे इस आस्तान को[8] चर्ख

o

दम नाक में हमारा ये लाते हैं बेहुनर
यारब करम से[9] तू किसी साहब हुन[10] को भेज

मानिन्दे - नक्शे - पा[11] ये वहीं का न हो रहे
ऐ इश्क़ उस गली में न तू अब 'ज़फ़र' को भेज

1. पदचिह्नों की तरह 2. आकाश या भाग्य 3. घूस देने वाले फ़रिश्तों को 4. चकरा दे
5. आंखों में आंसू 6. बिछोह की रात में 7. आर्तनाद या फरियाद को 8. दहलीज को
9. कृपा से 10. हुनरमंद 11. पदचिह्नों की तरह

ملاتا خاک میں ہے سب کو مثلِ نقشِ قدم
زمیں پہ رکھتا کسی کے نہیں نشان کو چرخ

بچے جو چرخ کی گردش سے کیا بچے انساں
یہ چرخ وہ ہے جو کر دے فرشتہ خوان کو چرخ

نہیں ستارے یہ بھر لایا اپنی چشم میں اشک
شبِ فراق میں سن کر مری فغان کو چرخ

جو خاک بھی ہوں تو ہوں فخرِ دین کے در کی
'ظفرؔ' چھڑائے نہ مجھ سے اس آستان کو چرخ

○

دم ناک میں ہمارا یہ لاتے ہیں بے ہنر
یارب کرم سے تو کسی صاحب ہنر کو بھیج

مانندِ نقشِ پا یہ وہیں کا نہ ہو رہے
اے عشق اس گلی میں نہ تو اب 'ظفرؔ' کو بھیج

देख, दिल को मिरे ओ काफ़िरे - बेपीर न तोड़
घर है अल्लाह का ये इसकी तू ता 'मीर'[1] न तोड़

गुल[2] सदा वादी - ए - वहशत में[3] रखूंगा बरपा[4]
ऐ जुनूं देख, मिरे पांव को जंजीर न तोड़

देख टुक गौर से आईना - ए - दिल को[5] मिरे
इसमें आता है नज़र आलम[6], तस्वीर न तोड़

सहम कर ऐ 'ज़फ़र' इस शम्ए-कमांदार से[7] कह
खींचकर देख मिरे सीने से तू तीर न तोड़

o

जानो-दिल, ताबो-तवां[8], होशो-ख़िरद[9], सब्रो-क़रार
ले चुके, और भी कुछ है तुम्हें दरकार कि बस

ऐ 'ज़फ़र' दिल न हो किस तरह से मुज़्तर[10] बे-तरह
आज इस तरह का देखा है तरहदार[11] कि बस

---

1. रचना, निर्माण 2. शोर 3. जुनूं के बियाबान में 4. मचाना, जारी रखना 5. मन-दर्पण को 6. संसार 7. धनुषाकार शमा (माशूक़) से 8. शक्ति 9. होश और बुद्धि 10. बेचैन 11. संजीला (माशूक़)

دیکھ دل کو میرے او کافرِ بے پیر نہ توڑ
گھر ہے اللہ کا یہ اس کی تو تعمیر نہ توڑ

غل سدا وادیٔ وحشت میں رکھوں گا برپا
اے جنوں دیکھ مرے پاؤں کی زنجیر نہ توڑ

دیکھ ٹک غور سے آیئنۂ دل کو میرے
اس میں آتا ہے نظر عالمِ تصویر نہ توڑ

سہم کر اے 'ظفرؔ' اس شمع کماندار سے کہہ
کھینچ کر دیکھ مرے سینے سے تو تیر نہ توڑ

○

جان و دل تاب و تواں ہوش و خرد صبر و قرار
لے چکے اور بھی کچھ ہے تمہیں درکار کہ بس

اے 'ظفرؔ' دل نہ ہو کس طرح سے مضطر بے طرح
آج اس طرح کا دیکھا ہے طرحدار کہ بس

मैं क्या कहूं उस बुत की जुदाई का गुमो - रंज
है मेरे लिए सारी खुदाई का ग़मो - रंज

छूटा भी क़फ़स से[1] तो कहां ताक़ते - परवाज़[2]
है मुझको बड़ा अपनी रिहाई का ग़मो - रंज

पूछे कोई ग़म खाने की आशिक़ से हलावत[3]
रखता है मज़ा क्या ये मिठाई का गुमो - रंज

हरदम[4] 'ज़फ़र' इकतेगे अलम[5] खींच के दिल पर
क्या हाथ लगाते हैं सफ़ाई का ग़मो - रंज

o

अच्छा किया गर हमको बुरा जान के छोड़ा
पर हैफ़[6] कि गैरों का कहा मान के छोड़ा

गम आया जो दिल में तो गई जां निकल अपनी
घर उसने 'ज़फ़र ख़ौफ़ से मेहमान के छोड़ा

---

1. पिंजरे से 2. उड़ने की शक्ति 3. मधुरता 4. मित्र 5. वेदनारूपी तलवार 6. अफ़सोस

میں کیا کہوں اس بت کی جدائی کا غم و رنج
ہے میرے لیے ساری خدائی کا غم و رنج

چھوٹا بھی قفس سے تو کہاں طاقتِ پرواز
ہے مجھ کو بڑا اپنی رہائی کا غم و رنج

پوچھے کوئی غم کھانے کی عاشق سے حلاوت
رکھتا ہے مزا کیا یہ مٹھائی کا غم و رنج

ہر دم 'ظفرؔ' اک تیغِ الم کھینچ کے دل پر
کیا ہاتھ لگاتے ہیں صفائی کا غم و رنج

○

اچھا کیا گر ہم کو برا جان کے چھوڑا
پر حیف کہ غیروں کا کہا مان کے چھوڑا

غم آیا جو دل میں تو گئی جاں نکل اپنی
گھر اس نے 'ظفرؔ' خوف سے مہمان کے چھوڑا

बशर को[1] क्यों न हो दरपेश[2] यां निशेबो-फ़राज़[3]
कि दम के साथ है हरदम यहां निशेबो - फ़राज़

किये ही जाए है राहे - फ़ना को[4] तै हरदम
समझती कुछ नहीं उम्र - रवां[5] निशेबो - फ़राज़

किसी को पस्त करे है फ़लक[6] किसी को बुलन्द
कि इस हिण्डोले में है हर जमां[7] निशेबो - फ़राज़

'ज़फ़र' है राहे - जेखुदरफ्तगी[8] अजब हमवार[9]
कहीं भी जिसके नहीं दर्मियां निशेबो - फ़राज़

o

हमेशा पैकरे - तस्वीर[10] ही रहा मेरा क़ासिद[11]
कभी हुई मुझे मुर्गे - नामाबर की[12] तलाश

चमकती अब्र[13] में है बर्क़[14], मैकशो[15], लो जाम[16]
हरीफ़[17] तेग़ - बकफ़[18] है करो सिपर की तलाश

---

1. मनुष्य को 2. सामने आए 3. ऊंच-नीच 4. मृत्यु-मार्ग को 5. व्यतीत होती आयु 6. आकाश, भाग्य 7. काल 8. आत्म-विसर्जन का मार्ग 9. समतल 10. चित्र की तरह मौन 11. सन्देशवाहक 12. पत्र ले जाने वाले पक्षी (कबूतर) की 13. बादल में 14. बिजली 15. शराबियों 16. प्याला 17. शत्रु 18. हाथ में तलवार लिए 19. ढाल की

بشر کو کیوں نہ ہو درپیش یاں نشیب و فراز
کہ دم کے ساتھ ہے ہر دم یہاں نشیب و فراز

کیے ہی جائے ہے راہِ فنا کو طے ہر دم
سمجھتی کچھ نہیں عمرِ رواں نشیب و فراز

کسی کو پست کرے ہے فلک کسی کو بلند
کہ اس ہنڈولے میں ہے ہر زماں نشیب و فراز

'ظفر' ہے راہِ زخود رفتگی عجب ہموار
کہیں بھی جسکے نہیں درمیاں نشیب و فراز

○

ہمیشہ پیکرِ تصویر ہی رہا میرا قاصد
کبھی ہوئی مجھے مرگِ نامہ بر کی تلاش

چمکتی ابر میں ہے برف، میکشو، لو جام
حریف تیغ بکف ہے کرو سپر کی تلاش

पिए अगर जो तू आबे - शराब का सागर[1]
निकाले मौज से[2] दरिया हुबाब का[3] सागर

मुदाम[4] पीता हूं खूने - जिगर से मय[5] साक़ी
बजाए जाम है चश्मे - पुर - आब का[6] सागर

गशी में देखके बुलबुल को हर सहर[7] हर गुल[8]
भरे है बाइसे - शबनम[9] गुलाब का सागर

जो मस्त हो 'ज़फ़र' इस चश्मे - मस्त का[10] उसको
पिला दे साक़ी - ए - खानी - ख़राब का सागर

o

हैं पास अपने इस रुखे - पुर - नूर से[11] चिराग
ऐ माहे - नौ[12] दिखा न हमें दूर से चिराग

रौशन ही चश्मे - मस्त के कुश्ते[13] की गोर पर[14]
रोग़न की जाए[15] वादा - ए - अंगूर से[16] चिराग़

1. मदिरारूपी पानी का प्याला 2. लहरों से 3. बुलबुले का 4. सदैव 5. मदिरा 6. आंसुओं-भरी आंखों का 7. सुबह 8. फूल 9. ओस से 10. मस्त आंखों का 11. प्रकाशमान चेहरे से 12. नये चांद 13. मारे हुए 14. क़ब्र पर 15. तेल के स्थान पर 16. अंगूर की मदिरा से

پئے اگر جو تو آبِ شراب کا ساغر
نکالے موج سے دریا حباب کا ساغر

مدام پیتا ہوں خونِ جگر سے مئے ساقی
بجائے جام ہے چشمِ پُر آب کا ساغر

غشی میں دیکھ کے بلبل کو ہر سحر ہر گل
بھرے ہے باعثِ شبنم گلاب کا ساغر

جو مست ہو 'ظفر' اس چشمِ مست کا اس کو
پلادے ساقیٔ خانہ خراب کا ساغر

○

ہیں پاس اپنے اس رخِ پُر نور سے چراغ
اے ماہِ نو دکھا نہ ہمیں دور سے چراغ

روشن ہیں چشمِ مست کے کشتے کی گور پر
روغن کی جائے وعدۂ انگور سے چراغ

इन्सां की ज़िन्दगी तो है यक़ - दो नफ़स तलक़[1]
सामां करे है जीने का लाखों बरस तलक

दामन छुड़ाना अपना हो दुश्वार बर्क को[2]
गर आए आशियां के[3] मिरे खार-ओ-ख़स तलक[4]

एहसां करे असीरे - क़फ़स पर[5] नसीमे - सुब्ह[6]
इक बर्गे - गुल[7] जो लाए चमन से क़फ़स तलक

सुन - सुनके मेरा नाला - ओ - फ़रियाद ऐ 'ज़फ़र'
खामोश हैं ज़माने में नै से[8] जरस तलक[9]

०

फना[10] है साथ तो फिर ज़िन्दगी से क्या हासिल
फ़ना से पहले फ़ना हो कि हो बक़ा[11] हासिल

जो दिल को साफ़ हो करना तो खाकसारी[12] कर
करे है खाक़ से देख आईना सफ़ा[13] हासिल

---

1. एक-दो श्वासों तक 2. बिजली को 3. घोंसले के 4. तिनकों और कांटों तक 5. पिंजरे के कैदी पर 6. प्रभात समीर 7. फूल की पत्ती 8. बांसुरी से 9. कारवान के घड़ियाल तक 10. नाश 11. अमरता 12. विनम्रता 13. स्वच्छता

انساں کی زندگی تو ہے یک دو نفس تلک
ساماں کرے ہے جینے کا لاکھوں برس تلک

دامن چھڑانا اپنا ہو دشوار برق کو
گر آئے آشیاں کے مرے خار و خس تلک

احساں کرے اسیرِ قفس پر نسیمِ صبح
اک برگِ گل جو لائے چمن سے قفس تلک

سن سن کے میرا نالہ و فریاد اے 'ظفرؔ'
خاموش ہیں زمانے میں نَے سے جرس تلک

○

فنا ہے ساتھ تو پھر زندگی سے کیا حاصل
فنا سے پہلے فنا ہو کہ ہو بقا حاصل

جو دل کو صاف ہو کرنا تو خاکساری کر
کرے ہے خاک سے دیکھ آئینہ صفا حاصل

वो बेहिजाब[1] जो कल पीके यां शराब आया
अगरचे मस्त था मैं पर मुझे हिजाब[2] आया

इधर ख़याल मिरे दल में जुल्फ़ का[3] गुज़रा
उधर वो खाता हुआ दिल में पेचताब आया

तुम्हारे नक्शे - कफ़े - पा के[4] बोसा लेने को
ज़मीं पे साया के मानिन्द[5] आफ़ताब[6] आया

तिरा सुख़न[7] है 'ज़फ़र' वो कि सामने तेरे
हुए खमोश सुख़नवर[8] न कुछ जवाब आया

o

मेरी आहे - आतशीं[9] रखती हैं अब तासीरे - बर्क़[10]
बल्कि दी उसने घटा सब इज्ज़तो - तौक़ीरे - बर्क़[11]

गर्म-री को[12] इश्क़ के दिल की तपिश[13] दे है उड़ा
अब्र को[14] कब रोक सकती है भला जंजीरे - बर्क[15]

---

1. निर्लज्ज 2. लज्जा 3. (माशूक़ के) केशों का 4. पदचिह्न के 5. तरह 6. सूरज 7. शायरी 8. सिद्धहस्त शायर 9. अग्नि जैसी आह 10. बिजली का सा प्रभाव 11. बिजली की इज़्ज़त और मान-मर्यादा 12. गर्म लहर को 13. गर्मी 14. बादल को 15. बिजली की जंजीर

وہ بے حجاب جو کل پی کے یاں شراب آیا
اگرچہ مست تھا میں پر مجھے حجاب آیا

ادھر خیال میرے دل میں زلف کا گزرا
ادھر وہ کھاتا ہوا دل میں پیچ و تاب آیا

تمہارے نقشِ کفِ پا کا بوسہ لینے کو
زمیں پہ سایہ کے مانند آفتاب آیا

ترا سخن ہے 'ظفرؔ' وہ کہ سامنے تیرے
ہوئے خموش سخنور نہ کچھ جواب آیا

○

میری آہِ آتشیں رکھتی ہے اب تاثیرِ برق
بلکہ دی اس نے گھٹا سب عزت و توقیرِ برق

گرم رو کو عشق کے دل کی تپش دے ہے اڑا
ابر کو کب روک سکتی ہے بھلا زنجیرِ برق

करता पैदा आलम - आरा[1], आलम[2] में से आलम है
आलम को दिखलाना अपना, आलम में से आलम है

किस-किस का अफ़सोस करें आगे से इन आंखों के
उठा गया ऐ दिल क्या-क्या, आलम में से आलम है

आए अदम से[3] हस्ती में[4], हस्ती से अदम को जाते हैं
रसता क्या ही सीधा रसता, आलम में से आलम है

हर दम एक नया ही आलम[5] देखते हैं आलम में हम
देख 'ज़फ़र' क्या पैदा होता, आलम में से आलम है

○

हम ने देखे अजब इस बहरे - जहां के[6] धोके
दे है यां रेगे-रवां[7], आबे - रवां[8] के धोके

सच है दुनिया को अगर धोके की टट्टी कहिए
ऐ 'ज़फ़र' खुलते किसी पर नहीं यां के धोके

1. संसार को सजाने वाला, खुदा 2. संसार 3. अनस्तित्व से 4. अस्तित्व में 5. स्थिति
6. संसार-रूपी सागर के 7. बहती रेत 8. बहते जल

کرتا پیدا عالم آرا عالم میں سے عالم ہے
عالم کو دکھلانا اپنا، عالم میں سے عالم ہے

کس کس کا افسوس کریں آگے سے ان آنکھوں کے
اٹھا گیا اے دل کیا کیا عالم میں سے عالم ہے

آئے عدم سے ہستی میں، ہستی سے عدم کو جاتے ہیں
رستہ کیا ہے سیدھا رستہ، عالم میں سے عالم ہے

ہر دم ایک نیا ہی عالم دیکھتے ہیں عالم میں ہم
دیکھ 'ظفرؔ' کیا پیدا ہوتا عالم میں سے عالم ہے

○

ہم نے دیکھے عجب اس بحرِ جہاں کے دھوکے
دے ہے یاں ریگِ رواں، آبِ رواں کے دھوکے

سچ ہے دنیا کو اگر دھوکے کی ٹٹی کہیے
اے 'ظفرؔ' کھلتے کسی پر نہیں یاں کے دھوکے

सरनामा[1] मेरे नाम का और ख़त रक़ीब का[2]
ज़ालिम तिरे सिमत के हैं उनवां[3] अजब-अजब

गम्ज़ा[4] अजब, निगाह अजब और अदा अजब
कुछ दिल-रुबाइयों के[5] हैं सामां अजब-अजब

वो लोग इस जमाने में हैं ऐ 'ज़फ़र' कहां
देखे हुए हैं आपने इन्सां अजब-अजब

यूं गुम हो जज़्बे-इश्क़ की तासीर[6] या नसीब[7]
इतनी हो उनके आने में ताख़ीर[8] या नसीब

तक्दीर के बिगाड़ की तद्बीर क्या करें
बनती नहीं कोई भी तद्बीर या नसीब

दिल को हुई नसीब न मेरे शिगुफ्तगी[9]
गाहे[10] बरंगे - गुंचा - ए - तस्वीर[11] या नसीब

1. पता 2. प्रतिद्वन्द्वी का 3. शीर्षक 4. नाज़-नखरा 5. दिल लुभाने के 6. प्रेम की भावना का प्रभाव 7. भाग्य 8. देर 9. प्रफुल्लता 10. कभी 11. चित्रित कली की तरह

سرنامہ میرے نام کا اور خط رقیب کا
ظالم ترے ستم کے ہیں عنواں عجب عجب

غمزہ عجب، نگاہ عجب اور ادا عجب
کچھ دل ربائیوں کے ہیں ساماں عجب عجب

وہ لوگ اس زمانے میں ہیں اے 'ظفر' کہاں
دیکھے ہوئے ہیں آپ نے انساں عجب عجب

O

یوں گم ہو جذبِ عشق کی تاثیر یا نصیب
اتنی ہو ان کے آنے میں تاخیر یا نصیب

تقدیر کے بگاڑ کی تدبیر کیا کریں
بنتی نہیں ہے کوئی بھی تدبیر یا نصیب

دل کو ہوئی نصیب نہ میرے شگفتگی
گاہے برنگ غنچۂ تصویر یا نصیب

क्या कहूं है क्या बुतों की आशनाई में मज़ा
वो मज़ा सब इसमें है जो है खुदाई में मज़ा

मस्जिदो-बुतखाने में[1] टकराया सर को बे-मज़ा[2]
तेरे संगे-दर पे[3] आया जिब्बः-साई का[4] मज़ा

जा सके गुलशन तलक उड़कर न हम बे-बालो-पर[5]
हमने ऐ सैयाद[6] क्या पाया रिहाई में मज़ा

○

अज़ीज़ो काम न किस-किस का यां बना बिगड़ा
हमारे पेशे - नज़र इक जहां बना, बिगड़ा

रही निहाले-चमन ही 'से[7] उल्फ़त ऐ सैयाद[8]
हज़ार बार मिरा आशियां[9] बना बिगड़ा

फ़लक के[10] हाथ से बाज़ारे-दह्र में[11] आकर
न कौन बाइसे - सूदो - ज़ियां[12] बना बिगड़ा

---

1. मन्दिर-मस्जिद में 2. व्यर्थ 3. दरवाजे के पत्थर पर 4. माथा टेकने का 5. बांहों और पंखों के बिना 6. शिकारी 7. बाग़ के पेड़ों से ही 8. शिकारी 9. घोंसला 10. आकाश या भाग्य के 11. संसार-रूपी बाज़ार में 12. लाभ-हानि के कारण

کیا کہوں ہے کیا بتوں کی آشنائی میں مزا
وہ مزا سب اس میں ہے جو ہے خدائی میں مزا

مسجد و بتخانے میں ٹکرایا سر کو بے مزا
تیرے سنگِ در پہ آیا جبہ سائی کا مزہ

جا سکے گلشن تلک اڑ کر نہ ہم بے بال و پر
ہم نے اے صیاد کیا پایا رہائی میں مزا

○

عزیزو کام نہ کس کس کا یاں بنا بگڑا
ہمارے پیشِ نظر اک جہاں بنا بگڑا

رہی نہالِ چمن ہی سے الفت اے صیاد
ہزار بار مرا آشیاں بنا بگڑا

فلک کے ہاتھ سے بازارِ دہر میں آکر
نہ کون باعثِ سود و زیاں بنا بگڑا

देखे दुनिया को जो अव्वल से कोई आखिर तक
पाए आग़ाज़ से[1] वो और भी अंजाम[2] खराब

गर नहीं आईना तो दिल ही को तू देख अपने
उम्र बे-शग्ल[3] न कर ग़ाफ़िले-खुद-काम[4] ख़राब

देख सैयाद[5] असीरों को[6] न भड़का अपने
खूंफ़शानी से[7] करेंगे क़फ़सो - दाम[8] ख़राब

०

चश्पों से रवां क्यों न हो मिज़गां के[9] तले आब[10]
जारी रहे है सर्वे - गुलिस्तां के[11] तले आब

है इश्क़ का दरिया दिले-पुरसोज़ में[12] पिन्हां[13]
हैरां हूं कि है आतिशे - सोज़ां के[14] तले आब

किस पाए-बरहना का[15] 'ज़फ़र' आबला[16] फूटा
सहरा में जो है खारे-मुगीलां के[17] तले आब

---

1. प्रारंभ से 2. अंत 3. व्यर्थ 4. स्वार्थी बेख़बर 5. शिकारी 6. क़ैदियों को 7. अपने रक्तपात से 8. जाल और पिंजरा 9. पलकों के 10. पानी 11. बाग के सनोबर के वृक्षों के 12. दुःख-जलन से भरे दिल में 13. निहित 14. जला डालने वाली आग के 15. नंगे पांव का 16. फफोला 17. बबूल के कांटे के नीचे

دیکھے دنیا کو جو اول سے کوئی آخر تک
پائے آغاز سے وہ اور بھی انجام خراب

گر نہیں آئینہ تو دل ہی کو تو دیکھ اپنے
عمر بے شغل نہ کر غافلِ خود کام خراب

دیکھ صیاد اسیروں کو نہ بھڑکا اپنے
خوں فشانی سے کرینگے قفس و دام خراب

O

چشموں سے رواں کیوں نہ ہو مژگاں کے تلے آب
جاری رہے ہے سروِ گلستاں کے تلے آب

ہے عشق کا دریا دلِ پُرسوز میں پنہاں
حیراں ہوں کہ ہے آتشِ سوزاں کے تلے آب

کس پائے برہنہ کا 'ظفر' آبلا پھوٹا
صحرا میں جو ہے خار مغیلاں کے تلے آب

हां फ़िरो[1] सोज़े-दिल[2] इकदम न हुआ पर न हुआ
और गिरिया से[3] बढ़ा, कम न हुआ पर न हुआ

चारागर की[4] नहीं तक़सीर[5], बहुत की तबीर[6]
कारगर[7] ज़ख़्म पे मरहम न हुआ पर न

हुआ सुनके नालों को[8] मिरे, हो गए पत्थर पानी
सरे-मिज़गां[9] भी तिरा नम[10] न हुआ पर न हुआ

○

जिसको ऐ साक़ी दिखाई तूने अपनी चश्मे-मस्त[11]
फिर न वो मैकश[12] कभी भिन्नतकशे-सागर[13] हुआ

ऐ जवां क्या इस जवानी का भरोसा ये तो सोच
था जो पहले इससे अहदे-नौं-जवानी[14] क्या हुआ

ख़त तो उसने पढ़ लिया ऐ नामाबर[15] ये तो बता
हाले-दिल मेरा बयां तुझ से ज़बानी क्या हुआ

---

1. समाप्त, शान्त 2. दिल की तपन 3. रोने से 4. चिकित्सक की 5. कुसूर 6. उपाय, उपचार 7. प्रभावकारी 8. आर्तनाद को 9. पलक का सिरा 10. सजल 11. मस्त आंखें 12. शराबी 13. शराब के प्याले का इच्छुक 14. नवयौवन-काल 15. पत्रवाहक

ہاں فروسوزِ دل اک دم نہ ہوا پر نہ ہوا
اور گریہ سے بڑھا، کم نہ ہوا پر نہ ہوا

چارہ گر کی نہیں تقصیر بہت کی تدبیر
کارگر زخم پہ مرہم نہ ہوا پر نہ ہوا

سن کے نالوں کو میرے، ہوگئے پتھر پانی
سرِ مژگاں بھی ترا نام نہ ہوا پر نہ ہوا

O

جس کو اے ساقی دکھائی تو نے اپنی چشمِ مست
پھر نہ وہ میکش کبھی منّت کشِ ساغر ہوا

اے جواں کیا اس جوانی کا بھروسہ یہ تو سوچ
تھا جو پہلے اس سے عہدِ نوجوانی کیا ہوا

خط تو اس نے پڑھ لیا اے نامہ بر یہ تو بتا
حالِ دل میرا بیاں تجھ سے زبانی کیا ہوا

हम न हैं माल के मोहताज नज़र के मोहताज
हैं फ़क़त तेरी इनायत की[1] नज़र के मोहताज

या कभी रहते थे गुलशन में ही या मुद्दत से
हम क़फ़स में[2] हैं सबा-गुल की[3] खबर के मोहताज

अश्के-लते-जिगर[4] अपने हैं जो ये दामन में
उनकी दौलत के नहीं हम लालो-गुहर के[5] मोहताज

०

अगर है कैस को[6] मंजूर इश्तिहारे-जुनू[7]
तो लिख के बांध दे हर एक झाड़ में काग़ज़

गली में उसकी है क़ासिद[8] हुजूम गैरों का
संभाले रखियो ज़रा भीड़-भाड़ में काग़ज़

इलाही खैर हो पकड़ा गया है वां क़ासिद
क़बूल दे न कहीं मार-धाड़ में कागज़

1. कृपा की 2. पिंजरे में 3. फूलों तथा प्रभात समीर की 4. आंसुओं-रूपी जिगर के टुकड़े 5. लाल और मोतियों के 6. मजनूं को 7. उन्माद-प्रकटन 8. पत्रवाहक

ہم نہ ہیں مال کے محتاج نہ زر کے محتاج
ہیں فقط تیری عنایت کی نظر کے محتاج

یا کبھی رہتے تھے گلشن میں ہی یا مدت سے
ہم قفس میں ہیں صبا گل کی خبر کے محتاج

اشک لختِ جگر اپنے ہیں جو یہ دامن میں
ان کی دولت کے نہیں لعل و گہر کے محتاج

○

اگر ہے قیس کو منظور اشتہارِ جنوں
تو لکھ کے باندھ دے ہر ایک جھاڑ میں کاغذ

گلی میں اس کی ہے قاصد ہجوم غیروں کا
سنبھالے رکھیے ذرا بھیڑ بھاڑ میں کاغذ

الٰہی خیر ہو پکڑا گیا ہے واں قاصد
قبول دے نہ کہیں مار دھاڑ میں کاغذ

कर तू ख़ुशी से हर्फ़े-हिकायात[1] चंद रोज़
ऐ यार फिर कहां कि ये है बात चंद रोज़

दुनिया मिसाले-फ़ाहिशा[2] जाती है जिसके पास
रहती है उसके पास ये बदज़ात चंद रोज़

फ़ुर्सत बहुत ही कम है गनीमत समझ 'ज़फ़र'
हंस-बोलकर बसर हों जो औक़ात[3] चन्द रोज़

○

क्या बुढ़ापे में करें बादा-परस्ती की[4] हवस
गए मस्ती के वो दिन हो चुकी मस्ती की हवस

ख़ाक हो चैन उन्हें जिनको बग़ले की तरह
गह[5] बुलन्दी की हो ख़्वाहिश गह पस्ती की हवस

हम वो आवारा, वो सरगश्ता[6] 'ज़फ़र' हैं कि हमें
न तो वीराने की परवा है न बस्ती की हवस

---

1. कहानियां कहना-सुनना 2. बदचलन स्त्री की तरह 3. समय 4. मदिरापान की 5. कभी 6. भटके हुए

کر تو خوشی سے حرف و حکایات چند روز
اے یار پھر کہاں کہ یہ ہے بات چند روز

دنیا مثالِ فاحشہ جاتی ہے جس کے پاس
رہتی ہے اس کے پاس یہ بد ذات چند روز

فرصت بہت ہی کم ہے غنیمت سمجھ 'ظفرؔ'
ہنس بول کر بسر ہوں جو اوقات چند روز

○

کیا بڑھاپے میں کریں بادہ پرستی کی ہوس
گئے مستی کے وہ دن ہو چکی مستی کی ہوس

خاک ہو چین انہیں جن کو بگولے کی طرح
گہہ بلندی کی ہو خواہش گہے پستی کی ہوس

ہم وہ آوارہ و سرگشتہ 'ظفرؔ' ہیں کہ ہمیں
نہ تو ویرانے کی پروا ہے نہ بستی کی ہوس

साक़ी न दिखा बज़्म में[1] तू जाम की गर्दिश[2]
याद आती है चश्मे-बुते-खुद-काम[3] की गर्दिश

फिरती है मिरी खाक बगूले में हमेशा
अब तक भी मिरे साथ है अय्याम की गर्दिश[4]

इक शब न मिरे पास वो आया महे-ताबां[5]
गर्दूं ने[6] न की एक मिरे काम की ग़र्दिश

o

वो चश्म[7] हो क्योंकर सहर-ओ-शाम[8] फ़रामोश[9]
मैं मस्त हूं मुझसे हो क्यों जाम फ़रामोश

ले सर पे वबाल अपने असीरों का[10] न सैयाद
इतना भी न हो रख के तहे-दाम[11] फ़रामोश

इक मैं भी तिरे दौर में हूं रिन्दे-सुबूकश[12]
कर मुझको न ऐ साक़िए-गुलफ़ाम फ़रामोश

1. महफ़िल में 2. प्याले को इस-उस को देना (चक्र) 3. घमंडी माशूक़ की आंखों की 4. कालचक्र 5. प्रकाशमान चांद (माशूक़) 6. आकाश अर्थात् भाग्य ने 7. आंख 8. सुबह-शाम 9. भूले 10. बन्दियों का 11. जाल में 12. पीने में धाकड़

ساقی نہ دکھا بزم میں تو جام کی گردش
یاد آتی ہے چشمِ بتِ خود کام کی گردش

پھرتی ہے مری خاک بگولے میں ہمیشہ
اب تک بھی مرے ساتھ ہے ایام کی گردش

اک شب نہ مرے پاس وہ آیا مہِ تاباں
گردوں نے نہ کی ایک مرے کام کی گردش

○

وہ چشم ہو کیونکر سحر و شام فراموش
میں مست ہوں مجھ سے ہو کیوں جام فراموش

لے سر پہ وبال اپنے اسیروں کا نہ صیاد
اتنا بھی نہ ہو رکھ کے تہِ دام فراموش

اک میں بھی تیرے دور میں ہوں رندِ سبوکش
کر مجھ کو نہ اے ساقیِ گلفام فراموش

जो मुझे कहते हैं दिल उसको दिया क्यों तूने
नहीं उस शोख़ के वो नाज़ों - अदा से वाक़िफ़

मैं हूं बीमारे-मोहब्बत न करो मेरा इलाज
ऐ तबीबो[1] नहीं तुम मेरी दवा से वाक़िफ़

हंसते क्यों गुल की रविश[2] बागे - जहां[3] में ग़ाफ़िल[4]
ऐ 'ज़फ़र' होते अगर यां की हवा से वाक़िफ़

o

इस तरह अहले सफ़ा[5] दुनिया में हैं दुनिया से पाक[6]
जिस तरह रहता हमेशा आब में[7] गौहर[8] है खुश्क

जोशे-बारां[9] है तो क्या साक़ी नहीं बे-बादा[10] लुत्फ़
खुश्क है मीना[11] धरा उल्टा पड़ा सागर है खुश्क

ऐ 'ज़फ़र' कटती हैं रातें मुझको रोते हिज्र में[12]
कौन सी शब[13] जोशे गिरिया से[14] मिरा बिस्तर है खुश्क

1.चिकित्सको 2. फूलों की तरह 3. संसार-रूपी उपवन में 4. बेखबर 5. सज्जन पुरुष 6, अलग, पवित्र 7. पानी में 8. मोती 9. वर्षा का ज़ोर 10. बिना शराब के 11. शराब का जग 12. वियोग में 13. रात 14.रुदन की तीव्रता से

جو مجھے کہتے ہیں دل اس کو دیا کیوں تو نے
نہیں اس شوخ کے وہ ناز و ادا سے واقف

میں ہوں بیمارِ محبت نہ کرو میرا علاج
اے طبیبو نہیں تم میری دوا سے واقف

ہنستے کیوں گل کی روش باغ جہاں میں غافل
اے 'ظفر' ہوتے اگر یاں کی ہوا سے واقف

○

اس طرح اہلِ صفا دنیا میں ہیں دنیا سے پاک
جس طرح رہتا ہمیشہ آب میں گوہر ہے خشک

جوشِ باراں ہے تو کیا ساقی نہیں بے بادہ لطف
خشک ہے مینا دھرا الٹا پڑا ساغر ہے خشک

اے 'ظفر' کٹتی ہیں راتیں مجھ کو روتے ہجر میں
کون سی شب جوشِ گریہ سے مرا بستر ہے خشک

मर गए ऐ वाए उनकी नाज़बरदारी में हम
दिल के हाथों पड़ गए कैसी गिरफ्तारी में हम

सब पे रौशन[1] है हमारी सोज़िशे-दिल[2] बज़्म में[3]
शम्अ-सा[4] जलते हैं अपनी गर्मबाज़ारी में हम

कब हंसाया गर्दिशे - गर्दूं[5] ने हमको शक्ले-गुल[6]
मिस्ले-शबनम[7] हैं हमेशा गिरिया-ओ-ज़ारी में[8] हम

०

पीते हैं खूने - दिल को बजाए शराब हम
खाते गज़क की जा[9] हैं जिगर के कबाब हम

हमसे ज़माना आज अगर फिर गया तो क्या
लाखों हैं इसके देख चुके इन्क़िलाब हम

करते अगर न दोस्ती इक बादा-ख़्वार से[10]
होते 'ज़फ़र' जहान में फिर क्यों ख़राब हम

1. प्रकट 2. दिल की तपन 3. महफ़िल में 4. शमा की तरह 5. भाग्य-चक्र ने 6. फूल की तरह 7. ओस की तरह 8. रोने-आंसू बहाने में 9. जगह 10. शराबी से

مر گئے اے وائے ان کی ناز برداری میں ہم
دل کے ہاتھوں پڑ گئے کیسی گرفتاری میں ہم

سب پہ روشن ہے ہماری سوزشِ دل بزم میں
شمع ساں جلتے ہیں اپنی گرم بازاری میں ہم

کب ہنسایا گردشِ گردوں نے ہم کو شکلِ گل
مثلِ شبنم ہیں ہمیشہ گریہ و زاری میں ہم

○

پیتے ہیں خونِ دل کو بجائے شراب ہم
کھاتے گزک کی جا ہیں جگر کے کباب ہم

ہم سے زمانہ آج اگر پھر گیا تو کیا
لاکھوں ہی اس کے دیکھ چکے انقلاب ہم

کرتے اگر نہ دوستی اک بادہ خوار سے
ہوتے 'ظفرؔ' جہان میں پھر کیوں خراب ہم

देखा बल खाते जो दूदे शम्अ को[1] महफ़िल में रात
या आए शो'ला - रू[2] मुझको तिरे गेसू के[3] बल

जाते हैं क्या - क्या घसीटे रहरवे - राहे - वफ़ा[4]
सर के बल, पांओं के बल, सीने के बल, बाज़ू के बल

सीधे कब होते हैं जिनकी है तबीअत में कजी[5]
किस तरह कोई निकाले मौजे - आबे - जू के[6] बल

o

हमदमो[7] जिस दिन मोहब्बत में क़दम रक्खेंगे हम
देख लेना उसको भी अपना - साकर रक्खेंगे हम

जानो-दिल ताबो-तवां[8] लो तुम ही रक्खो अपने पास
यां हुजूमे - ग़म में किस-किस की खबर रक्खेंगे हम

गुज़रे हम इस सर से क़ातिल क्या करेंगे रख के सर
एक सर के साथ सौ क्यों दर्दे - सर रक्खेंगे हम

---

1. शमा के धुएं को 2. शो'लों ऐसे 3. केशों के 4. प्रेम-पथ के पथिक 5. टेढ़ापन 6. नदी की लहर के 7. साथियों 8. बल और सहनशक्ति

دیکھا بل کھاتے جو دودِ شمع کو محفل میں رات
یا آئے شعلہ رو مجھکو ترے گیسو کے بل

جاتے ہیں کیا کیا گھسیٹے رہ روِ راہِ وفا
سر کے بل، پاؤں کے بل، سینے کے بل، بازو کے بل

سیدھے کب ہوتے ہیں جن کی ہے طبیعت میں کجی
کس طرح کوئی نکالے موجِ آبِ جو کے بل

○

ہمدمو جس دن محبت میں قدم رکھیں گے ہم
دیکھ لینا اس کو بھی اپنا سا کر رکھیں گے ہم

جان و دل تاب وتواں تم ہی رکھو اپنے پاس
یاں ہجومِ غم میں کس کس کی خبر رکھیں گے ہم

گزرے ہم اس سر سے قاتل کیا کریں گے رکھ کے سر
ایک سر کے ساتھ سو کیوں دردِ سر رکھیں گے ہم

ज़ाहिद[1] न बादानोश[2] हूँ न मैं - परस्त[3] हूं
रहता शराबे - इश्क़[4] ही से खूब मस्त हूं

ये नफ़से - काफ़िर[5] और भी करता है सरकशी[6]
हर रोज़ इस हरीफ़ को[7] देता शिकस्त हूं

हस्ती के मैकदे में[8] 'ज़फ़र' कब हुआ सुरूर
रोज़े - अज़ल से[9] मस्ते - शराबे - अलस्त हूं

○

महफ़िल से तेरी उठके जो हम सुब्ह - दम[10] चले
मानिन्दे-शम्अ[11], दाग़-ब-दिल[12] चश्मे - नम[13] चले

दीवाने तेर कैद से हस्ती की छूट कर
क्या बा - फ़राग़[14] जानिबे - कूए - अदम[15] चले

क्या जाने राहे - इश्क़ की तकलीफ़ बुलहवस[16]
मालूम हो जो साथ मिरे दो क़दम चले

---

1. विरक्त, पारसा 2. शराबी 3. शराब का पुजारी 4. इश्क़रूपी शराब 5. कृतघ्न-श्वास 6. विद्रोह 7. शत्रु को 8. अस्तित्व या जीवनरूपी मधुशाला में 9. आदि - दिवस से 10. सुबह के समय 11. शमा की तरह 12. दिल में दाग लिए 13. सजल नेत्र 14. प्रसन्न 15. मृत्यु की गली की ओर 16. लोलुप

زاہد نہ بادہ نوش ہوں نہ مے پرست ہوں
رہتا شرابِ عشق ہی سے خوب مست ہوں

یہ نفسِ کافر اور بھی کرتا ہے سرکشی
ہر روز اس حریف کو دیتا شکست ہوں

ہستی کے مئے کدے میں 'ظفر' کب ہوا سرور
روزِ ازل سے مستِ شرابِ الست ہوں

○

محفل سے تیری اٹھ کے جو ہم صبح دم چلے
مانندِ شمع داغ بہ دل چشم نم چلے

دیوانے تیرے قید سے ہستی کی چھوٹ کر
کیا با فراغ جانبِ کوئے عدم چلے

کیا جانے راہِ عشق کی تکلیف بوالہوس
معلوم ہو جو ساتھ مرے دو قدم چلے

नहीं ऐ हमदमो चलता ये दम आहिस्ता - आहिस्ता
रवां है कारवां सूए - अदम[1] आहिस्ता - आहिस्ता

शबे फुर्कत में[2] उसके मुझको मिस्ले-शम्अ सर-तापा[3]
घुला देना ये मेरा सोज़े - गुम[4] आहिस्ता-आहिस्ता

नहीं रहने का दिल में बाक़ी खूं का एक क़तरा भी
बहा देगी 'ज़फ़र' सब चश्मे-नम आहिस्ता - आहिस्ता

o

मुझे जो यार मेरे आए हैं समझाने क्या सूझी
जो मुझको इश्क़ में सूझी कोई क्या जाने क्या सूझी

वे सब दुनिया में हैं जितने मज़े हैं जिन्दगानी के
खुदा जाने किया क्यों तर्क[6] उसे दाना ने[7], क्या सूझी

लगे हैं जब किसी से लौ तो फिर ऐसी ही सूझे है
न पूछो ढेर क्यों जलकर हुए परवाने, क्या सूझी

---

1. परलोक की ओर 2. वियोग की रात में 3. सिर से पैर तक शमा की तरह 4. गुमरूपी तपन 5. सजल नेत्र 6. छोड़ा 7. बुद्धिमान से

نہیں اے ہمدمو چلتا یہ دم آہستہ آہستہ
رواں ہے کارواں سوئے عدم آہستہ آہستہ

شبِ فرقت میں اس کی مجھ کو مثلِ شمع سرتاپا
ڈھلا دینا یہ میرا سوزِ غم آہستہ آہستہ

نہیں رہنے کا دل میں باقی خوں کا ایک قطرہ بھی
بہا دیگی 'ظفر' سب چشمِ نم آہستہ آہستہ

○

مجھے جو یار میرے آئے ہیں سمجھانے کیا سوجھی
جو مجھ کو عشق میں سوجھی کوئی کیا جانے کیا سوجھی

وہ سب دنیا میں ہیں جتنے مزے ہیں زندگانی کے
خدا جانے کیا کیوں ترک اسے دانا نے کیا سوجھی

لگے ہیں جب کسی سے لو تو پھر ایسی ہی سوجھے ہے
نہ پوچھو ڈھیر کیوں جل کر ہوئے پروانے، کیا سوجھی

बात करनी हमें मुश्किल कभी ऐसी तो न थी
जैसी अब है तिरी महफ़िल कभी ऐसी तो न थी

ले गया छीन के कौन आज तिरा सब्र-ओ-क़रार
बेक़रारी तुझे ऐ दिल कभी ऐसी तो न थी

अब कि जो राहे - मोहब्बत में उठाई तकलीफ़
सुख़्त होती हमें मंज़िल कभी ऐसी तो न थी

o

जितनी-जितनी लोग जताते अपनी यारी मुंह से हैं
उतनी उनकी खातिरदारी हम भी करते मुंह से हैं

मुंह के मीठे दिल के कड़वे अहले-दुनिया[1] देख लिए
झूठी-झूठी करते खुशामद आके हमारी मुंह से हैं

कहते हैं कुछ, करते हैं कुछ डरते रहिये उनसे 'ज़फ़र'
दुश्मने-जां[2] हैं दिल से करते ज़ाहिरदारी मुंह से हैं

---

1. दुनिया वाले 2. जान के शत्रु

بات کرنی ہمیں مشکل کبھی ایسی تو نہ تھی
جیسی اب ہے تری محفل کبھی ایسی تو نہ تھی

لے گیا چھین کے کون آج ترا صبر و قرار
بے قراری تجھے اے دل کبھی ایسی تو نہ تھی

اب کی جو راہِ محبت میں اٹھائی تکلیف
سخت ہوتی ہمیں منزل کبھی ایسی تو نہ تھی

○

جتنی جتنی لوگ جتاتے اپنی یاری منہ سے ہیں
اتنی ان کی خاطر داری ہم بھی کرتے منہ سے ہیں

منہ کے میٹھے دل کے کڑوے اہلِ دنیا دیکھ لئے
جھوٹی جھوٹی کرتے خوشامد آ کے ہماری منہ سے ہیں

کہتے ہیں کچھ کرتے ہیں کچھ ڈرتے رہیے ان سے 'ظفرؔ'
دشمن جاں ہیں دل سے کرتے ظاہر داری منہ سے ہیں

हम देख चुके खूब तमाशा - ए - ज़माना
अच्छा है जो कुछ और न दिखलाए ज़माना

क्या होवे कोई सागरे - इश्रत का तलवगार[1]
खाली है मए - ऐश से[2] मीना - ए - ज़माना[3]

ढंडो न जुमाने में नहीं मेहर - ओ - मोहब्बत[4]
किस तरह का आया है ज़फ़र' हाए ज़माना

o

जब कोई कहता है हस्ती को[5] हस्ती खूब है
उसकी गुफ़लत पर[6] फ़ना[7] उस वक़्त हंसती खूब है

तौबा ऐ साक़ी नहीं पीने का मैं जामे - शराब
मुझको अपनी बादा-ए-वहदत की[8] मस्ती खूब है

मुल्क दुनिया की तो आबादी है वीराना तमाम
और बसती है जहां इक खल्क़[9], बसती खूब है

---

1. ऐशरूपी मदिरा-पात्र का इच्छुक 2. ऐशरूपी मदिरा से 3. संसाररूपी सुराधानी 4. प्रेम-प्रीत 5. अस्तित्व को 6. बेखबरी पर 7. मृत्यु 8. एकत्व (खुदा को एक मानना) की मदिरा 9. लोग

ہم دیکھ چکے خوب تماشائے زمانہ
اچھا ہے جو کچھ اور نہ دکھلائے زمانہ

کیا ہوئے کوئی ساغرِ عشرت کا طلب گار
خالی ہے مئے عیش سے مینائے زمانہ

ڈھونڈو نہ زمانے میں نہیں مہر و محبت
کس طرح کا آیا ہے 'ظفرؔ' ہائے زمانہ

○

جب کوئی کہتا ہے ہستی کو ہستی خوب ہے
اس کی غفلت پر فنا اس وقت ہنستی خوب ہے

توبہ اے ساقی نہیں پینے کا میں جامِ شراب
مجھ کو اپنی بادۂ وحدت کی مستی خوب ہے

ملک دنیا کی تو آبادی ہے ویرانہ تمام
اور بستی ہے جہاں اک خلق بستی خوب ہے

तेरे हर और पे[1] साबिर[2] हूं ज़फ़र पर[3] राज़ी
देख तो मैं भी हूं क्या सब्र - ओ - रज़ा का बन्दा

तू जो है बन्दा - ए - खुदा बैठ खुदा के दर पर[4]
दर - बदर बनके न फिर हिर्स - ओ - हवा का[5] बन्दा

ऐ 'ज़फ़र' जब से मैं उस बुत का बना हूं बन्दा
दीखता है मुझे हर- एक खुदा का बन्दा

o

ख़त उसे जल्दी में लिखता हूं क़लम बर्दाश्ता[6]
जाइयो ऐ नामाबर[7] तू भी क़दम बर्दाश्ता

तेरे ग़मकश को[8] न होवेगी सुबकसारी[9] नसीब
जाएगा दुनिया से यूं ही यार गम - बर्दाश्ता

हो गया मज़मूने - गिरिया के मिरी तासीर से[10]
यक-क़लम[11] काग़ज़मिरेनामा का[12] नम-बर्दाश्ता[13]

---

1. अत्याचार पर 2. सन्तुष्ट 3. अत्याचार पर 4. दरवाजे पर 5. लालसा का 6. जैसे क़लम दौड़ती है 7. पत्रवाहक 8. गम सहन करने वाले को 9. (ग़म या दुःख के बोझ से) मुक्ति 10. मेरे आर्तनाद-विषय के प्रभाव से 11. एकदम 12. पत्र का 13. अश्रुपूर्ण

تیرے ہر اور پہ صابر ہوں ظفر پر راضی
دیکھ تو میں بھی ہوں کیا صبر و رضا کا بندا

تو جو ہے بندۂ خدا بیٹھ خدا کے در پر
در بدر بن کے نہ پھر حرص و ہوا کا بندا

اے 'ظفر' جب سے میں اس بت کا بنا ہوں بندا
دکھتا ہے مجھے ہر ایک خدا کا بندا

○

خط اسے جلدی میں لکھتا ہوں قلم برداشتہ
جائیو اے نامہ بر تو بھی قدم برداشتہ

تیرے غم کش کو نہ ہووے گی سبک ساری نصیب
جائیگا دنیا سے یوں ہی یار غم برداشتہ

ہو گیا مضمونِ گریہ کی مری تاثیر سے
یک قلم کاغذ مرے نامہ کا نم برداشتہ

थे कल जो अपने घर में मेहमान वो कहां हैं
जो खो गए हैं, यारब, औसान[1] वो कहां हैं

आंखों में रोते - रोते नम[2] भी नहीं है अब तो
थे मौजज़न[3] जो पहले तूफ़ान वो कहां हैं

कुछ और ढब के अब तो हम लोग देखते हैं
पहले जो ऐ 'ज़फ़र' थे इन्सान वो कहां हैं

०

मोहब्बत चाहिए बाहम हमे भी हो तुम्हें भी हो
खुशी हो इसमें या हो गम हमें भी हो तुम्हें भी हो

हम अपना इश्क़ चमकाएं, तुम अपना हुस्न चमकाओ
कि हैरां देखकर आलम[4] हमें भी हो तुम्हें भी हो

गनीमत तु इसे समझो क इस गमखाने में[5] यारो
नसीब इकदम दिले-खुर्रम[6] हमें भी हो तुम्हें भी हो

1. होश 2. नमी 3, तरंगित 4. संसार 5. दुःखों के घर में 6. प्रसन्न-मन

تھے کل جو اپنے گھر میں مہمان وہ کہاں ہیں
جو کھو گئے ہیں، یارب، اوسان وہ کہاں ہیں

آنکھوں میں روتے روتے نم بھی نہیں ہے اب تو
تھے موجزن جو پہلے طوفان وہ کہاں ہیں

کچھ اور ڈھب کے اب تو ہم لوگ دیکھتے ہیں
پہلے جو اے 'ظفر' تھے انسان وہ کہاں ہیں

○

محبت چاہیے باہم ہمیں بھی ہو تمہیں بھی ہو
خوشی ہو اس میں یا ہو غم ہمیں بھی ہو تمہیں بھی ہو

ہم اپنا عشق چمکائیں، تم اپنا حسن چمکاؤ
کہ حیراں دیکھ کر عالم ہمیں بھی ہو تمہیں بھی ہو

غنیمت تو اسے سمجھو کہ اس غم خانے میں یارو
نصیب اک دم دلِ خرم ہمیں بھی ہو تمہیں بھی ہو

जहां वीराना है पहले कभी आबाद घर यां थे
शिगाल[1] अब हैं जहां बसते कभी रहते बशर[2] यां थे

जहां फिरते बगूले हैं उड़ाते खाक सहरा में
खुली उड़ती थी दौलत रक्स[3] करते सीमबर[4] यां थे

'ज़फ़र' अहवाल[5] आलम का[6] कभी कुछ है कभी कुछ है
कि क्या-क्या रंग अब हैं और क्या-क्या पेशतर[7]यां थे

०

सोहबते-गुल[8] है फ़क़त[9] बुलबुल से क्या बिगड़ी हुई
आजकल सारे चमन की है हवा बिगड़ी हुई

दिल-शिकस्तों का सुखन[11] क्योंकर न होवे नादुरुस्त[12]
साज़ बिगड़े है तो निकले है सदा[13] बिगड़ी हुई

हैं सभी बातें बनाते पर हैं क़ाइल उसके हम
ऐ 'ज़फ़र' जो बात दे कोई बना बिगड़ी हुई

---

1. गीदड़ 2. मनुष्य 3. नृत्य 4. चांदी ऐसे बदन वाले 5. हालत 6. संसार का 7. पहले 8. फूल का सम्बन्ध 9. केवल 10. टूटे हुए दिल वालों का 11. बात, कथन 12. ग़लत 13. आवाज़

جہاں ویرانا ہے پہلے کبھی آباد گھریاں تھے
شغال اب ہیں جہاں بستے کبھی رہتے بشریاں تھے

جہاں پھرتے بگولے ہیں اڑاتے خاک صحرا میں
کھلی اڑتی تھی دولت رقص کرتے سیم بریاں تھے

'ظفرؔ' احوال عالم کا کبھی کچھ ہے کبھی کچھ ہے
کہ کیا کیا رنگ اب ہیں اور کیا کیا پیشتریاں تھے

○

صحبت گل ہے فقط بلبل سے کیا بگڑی ہوئی
آجکل سارے چمن کی ہے ہوا بگڑی ہوئی

دل شکستوں کا سخن کیونکر نہ ہوئے نادرست
ساز بگڑے ہے تو نکلے ہے صدا بگڑی ہوئی

ہیں سبھی باتیں بناتے پر ہیں قائل اس کے ہم
اے 'ظفرؔ' جو بات دے کوئی بنا بگڑی ہوئی

जू[1] बू-ए-गुल[2] रफ़ीक़े - नसी मे - चमन[3] हैं हम
ऐ दोस्तो ! वतन में ग़रीबुलवतन[4] हैं हम

यारो न रोको इश्क़ में रोने से तुम हमें
इससे बुझाते दिल की कुछ अपने लगन हैं हम

है गरचे मिस्ले-शम्अ सरापा ज़बां[5] तो क्या
कह सकते पर ज़बां से नहीं इक सुख़न[6] हैं हम

o

कहूं किससे बे - बमेहरियां[7] इस फ़लक की[8]
कि सब उठ गए मेहबां अच्छे - अच्छे

लड़ें क्या ज़माने से कुश्ती कि उसने
पछाड़े बहुत पहलवां अच्छे - अच्छे

'ज़फ़र' है वो गर्मी तुम्हारे सुखन में[9]
कि जलते हैं आतिश - ज़बां[10] अच्छे - अच्छे

---

1. जैसे 2. फूल की सुगंधि 3. उद्यान के पवन के साथी 4. परदेसी 5. शमा की लौ ऐसी जुबान 6. बात 7. निर्दयताएं 8. आकाश (भाग्य) की 9. बात या शे'र कहने में 10. अग्र-भाषी

جوں بوئے گل رفیق نسیمِ چمن ہیں ہم
اے دوستو! وطن میں غریب الوطن ہیں ہم

یارو نہ روکو عشق میں رونے سے تم ہمیں
اس سے بجھاتے دل کی کچھ اپنے لگن ہیں ہم

ہے گرچہ مثلِ شمع سراپا زباں تو کیا
کہہ سکتے پر زباں سے نہیں ایک سخن ہیں ہم

○

کہوں کس سے بے مہریاں اس فلک کی
کہ سب اٹھ گئے مہرباں اچھے اچھے

لڑے کیا زمانے سے کشتی کہ اس نے
پچھاڑے بہت پہلواں اچھے اچھے

'ظفر' ہے وہ گرمی تمہارے سخن میں
کہ جلتے ہیں آتش زباں اچھے اچھے

जिसकी आंखों को न तेरी ख्वाहिशे - दीदार[1] हो
उसको दीदारे-खुदा होवे न ऐ काफ़िर नसीब

मत उठा आसूदगाने-खाक को[2] ऐ रोजे-हश्र[3]
इक ज़रा राहत हुई है उसको मर-मरकर नसीब

आते-जाते उल्टे मेरे दर से[4] फिर जाते वो क्यों
ऐ 'ज़फ़र बरगश्ता[5] हो जाते न मेरे गर नसीब

o

मुन्इमो-मुफ़लिस[6] हैं दोनों बज़्मे-हस्ती में[7] खराब
माले-मस्ती में है वो, ये फ़ाका-मस्ती में खराब

यां तरक़्क़ी-ओ-तनज्जुल[8] है मिसाले-गर्दी-बार[9]
गह[10] बुलन्दी में हैं हम और गाह[11] पस्ती में खराब

हक़- परस्ती का जिन्हें दावा था अपने ऐ 'ज़फ़र'
इश्क़ के हाथों में हैं वो बुत-परस्ती में खराब

---

1. देखने की इच्छा 2. मृत व्यक्तियों को 3. प्रलय के दिन 4. दरवाजे से 5. विरुद्ध 6. अमीर-गरीब 7. जीवन-रूपी महफ़िल में 8. उन्नति व अवनति 9. वर्षा-आंधी की तरह 10, 11. कभी

جس کی آنکھوں کو نہ تیری خواہشِ دیدار ہو
اس کو دیدارِ خدا ہوئے نہ اے کافر نصیب

مت اٹھا آسودگانِ خاک کو اے روزِ حشر
ایک ذرا راحت ہوئی ہے اس کو مر مر کر نصیب

آتے جاتے الٹے میرے در سے پھر جاتے وہ کیوں
اے 'ظفرؔ' برگشتہ ہو جاتے نہ میرے گر نصیب

○

منعم و مفلس ہیں دونوں بزمِ ہستی میں خراب
مالِ مستی میں ہیں وہ، یہ فاقہ مستی میں خراب

یاں ترقی و تنزل ہے مثالِ گرد باد
گہ بلندی میں ہیں ہم اور گاہ پستی میں خراب

حق پرستی کا جنہیں دعویٰ تھا اپنے اے 'ظفرؔ'
عشق کے ہاتھوں میں ہیں وہ بت پرستی میں خراب

जब कोई बात दर्दे - मोहब्बत की चल पड़ी
आंसू की बूंद आंख से पानी निकल पड़ी

मैं हूं वो खुद - गिरिफ्ता[1] मिरी शक्ल देखकर
तलवार तेरे हाथ से क़ातिल उगल पड़ी

फ़रहादो-कैस[2] का तो 'ज़फ़र' शोहरा[3] हो चुका
अब अपनी धूम जानिबे-दश्तो-जबल[4] पड़ी

o

तुझ को बहका दिया किसी ने है
हाए ये क्या किया किसी ने है

हमने देखा है जो सितम तेरा
नहीं अब तक सुना किसी ने है

ऐ ज़फ़र' रो दिया है, जब मेरा
कुछ सुना माजरा किसी ने है

1. अपने-आपसे अप्रसन्न 2. फ़रहाद और मजनू (महान प्रेमी) 3. ख्याति 4. जंगलों और पहाड़ों की ओर (मजनू ने अपनी प्रेयसी लैला के लिए जंगलों की खाक छानी थी और फ़रहाद ने शीरीं की प्राप्ति की शर्त के अनुसार पहाड़ खोदकर नदी निकालने की कोशिश की थी।)

جب کوئی بات دردِ محبت کی چل پڑی
آنسوں کی بوند آنکھ سے پانی نکل پڑی

میں ہوں وہ خود گرفتہ مری شکل دیکھ کر
تلوار تیرے ہاتھ سے قاتل اگل پڑی

فرہاد و قیس کا تو 'ظفرؔ' شہرہ ہو چکا
اب اپنی دھوم جانبِ دشت و جبل پڑی

○

تجھ کو بہکا دیا کسی نے ہے
ہائے یہ کیا کیا کسی نے ہے

ہم نے دیکھا ہے جو ستم تیرا
نہیں اب تک سنا کسی نے ہے

اے 'ظفرؔ' رو دیا ہے جب میرا
کچھ سنا ماجرا کسی نے ہے

कहां तक चुप रहूं चुपके रहे से कुछ नहीं होता
कहूं तो क्या कहूं उनसे कहे से कुछ नहीं होता

शिगुफ्ता[1] हो गुलो-बुलबुल से तुझ बिन क्या चमन में दिल
हंसी से उसकी, उसके क़हक़हे से कुछ नहीं होता

नहीं मुमकिन कि आए रहम उसको ऐ 'ज़फ़र' मुझपर
सहूं उसके सितम क्या मैं सहे से कुछ नहीं होता

०

हाथ को हाथ पे तू रखके लगा जब चलने
हाथ हम मलते थे, दिल था कि मला जाता था

दामन अपना तू उठा चलता था इस नाज़ के साथ
घेरा दामन का मुझे घेर के ले आता था

आंख चाहत की 'ज़फ़र' कोई भला छिपती है
उससे शर्माते थे हम, हमसे वो शर्माता था

1. प्रफुल्लित

کہاں تک چپ رہوں چپکے رہے سے کچھ نہیں ہوتا
کہوں تو کیا کہوں ان سے کہے سے کچھ نہیں ہوتا

شگفتہ ہو گل و بلبل سے تجھ بن کیا چمن میں دل
ہنسی سے اس کی اس کے قہقہے سے کچھ نہیں ہوتا

نہیں ممکن کہ آئے رحم اس کو اے 'ظفر' مجھ پر
سہوں اس کے ستم کیا میں سہے سے کچھ نہیں ہوتا

○

ہاتھ کو ہاتھ پہ تو رکھ کے لگا جب چلنے
ہاتھ ہم ملتے تھے، دل تھا کہ ملا جاتا تھا

دامن اپنا تو اٹھا چلتا تھا اس ناز کے ساتھ
گھیرا دامن کا مجھے گھیر کے لے آتا تھا

آنکھ چاہت کی 'ظفر' کوئی بھلا چھپتی ہے
اس سے شرماتے تھے ہم، ہم سے وہ شرماتا تھا

ग़ज़ल भाखा

जिन गलियन में पहले देखीं लोगन की रंगरलियां थीं
फिर देखा तो उन लोगन बिन सूनी पड़ीं वो गलियां थीं

ऐसी अंखियां मीचे पड़े हैं करवट भी नहीं ले सकते
जिनकी चालें अलबेली और चलने में छलबलियां थीं

खाक का इनका बिस्तर है और सर के नीचे पत्थर है
हाए वो शक्लें प्यारी-प्यारी किस-किस चाव से पलियां थीं

तल्खी उठाई मौत की चखके, खाक सब उनको चाट गई
जिनकी बातें मीठी-मीठी मिसरी की-सी डलियां थीं

o

कौन नगर में आए हैं हम कौन नगर के बासे हैं
जाएंगे अब कौन नगर को मन में ऐसे हिरासे हैं

देस नया है, भेस नया है, रंग नया है, ढंग नया
कौन आनन्द करें हैं वां और रहते कौन उदासे हैं

क्या-क्या पहलू देखे हमने गुलशन की फुलवारी में
अब जो फूले उसमें फूल कुछ और हीं उनमें बासे हैं

दुनिया है ये रैन - बसेरा, बीत गई रही थोड़ी - सी
उनसे कह दो सो न जावें नींद में जो कि निंदासे हैं

غزل بھاشا

جن گلین میں پہلے دیکھیں لوگن کی رنگ رلیاں تھیں
پھر دیکھا تو ان لوگن بن سونی پڑی وہ گلیاں تھیں

ایسی آنکھیاں میچے پڑے ہیں کروٹ بھی نہیں لے سکتے
جن کی چالیں البیلی اور چلنے میں چھلبلیاں تھیں

خاک کا ان کا بستر ہے اور سر کے نیچے پتھر ہے
ہائے وہ شکلیں پیاری پیاری کس کس چاؤ سے پلیاں تھیں

تلخی اٹھائی موت کی چکھ کے، خاک سب ان کو چاٹ گئی
جن کی باتیں میٹھی میٹھی مصری کی سی ڈلیاں تھیں

○

کون نگر میں آئے ہیں ہم کون نگر کے باسی ہیں
جائینگے اب کون نگر کو من میں ایسے حراسے ہیں

دیس نیا ہے، بھیس نیا ہے، رنگ نیا ہے، ڈھنگ نیا
کون آنند کریں ہے واں اور کہتے کون اُداسے ہیں

کیا کیا پہلو دیکھے ہم نے گلشن کی پھلواری میں
اب جو پھولے اس میں پھول کچھ اور ہی ان میں باسے ہیں

دنیا ہے یہ رین بسیرا، بیت گئی رہی تھوڑی سی
ان سے کہہ دو سو نہ جاویں نیند میں جو کہ نندا سے ہیں

प्रेम अगन नित मोहे जरावे या का भेद कहूं कासे
पी हो पास तो जी हो ठण्डा अपनी बिपता कहूं वासे

रतियां गुज़ारूं रोवत रोवत दिन को गुज़ारूं आहां खेंच
मेरे मन की मोसों न पूछो, पूछो मेरी बिपता से

याही बिरहा दुरजन होवे याही बिरहा सुरजन होवे
न छूटे या बिरहा मोसों न छूटूं मैं बिरहा से

नैन खुले कुछ और ही देखूं मूंदूं तो कुछ और ही कुछ
कोऊ वाको सांच न जाने दिल की बात कहूं जा से

मन के अन्दर पिया कलन्दर तेरे 'जफ़र वो आन बसा
काम पड़ो जब वासों तिहारो काम रहा क्या दुनिया से

پریم اگن نت موہے جراوے یا کا بھید کہوں کا سے
پی ہو پاس تو جی ہو ٹھنڈا اپنی بپتا کہوں وا سے

رتیاں گزاروں رووت رووت دن کو گزاروں آہاں کھینچ
میرے من کی موسوں نہ پوچھو، پوچھو میری بپتا سے

یہی برہا دُرجن ہووئے یہی برہا سرجن ہوئے
نہ چھوٹے یا برہا موسوں نہ چھوٹوں میں برہا سے

نین کھلے کچھ اور ہی دیکھوں موندوں تو کچھ اور ہی کچھ
کوئی واکو سانچ نہ جانے دل کی بات کہوں جا سے

من کے اندر پیا قلندر تیرے 'ظفرؔ' وہ آن بسا
کام پڑو جب واں سو تہارو کام رہا کیا دنیا سے

होली

क्यों मो पर रंग की मारी पिचकारी
देखो कुंवर जी, दूंगी गारी

भाज सकू मैं कैसे मोसों भाजा नहीं जात
थाड़े, अब देखूं मैं, कौन सम्मुख आत

सबको मुंह से देत है गारी, हरी सहाईं आज
जब मैं आज निज पहलू तो किसके होती लाज

बहुत दिनन में हाथ लगे हो कैसे जाने दें
आज है भगवा तोसों कान्हा फटा पकड़ के लू

शौक़ रंग ऐसी ढीठ मगर से खेले कौन होरी
मुख बांदे और हाथ मरोरे, करके वो बरजोरी

ہولی

کیوں مو پر رنگ کی ماری پچکاری
دیکھو کنور جی، دونگی گاری

بھاج سکوں میں کیسے مو سے بھاجا نہیں جات
ٹھاڑے اب دیکھوں میں، کون سنمکھ آت

سب کو منھ سے دیت ہے گاری ہری سہائیں آج
جب میں آج تج پلّو تو کس کے ہوتی لاج

بہت دنن میں ہاتھ لگے ہو کیسے جانے دوں
آج ہے بھگوا تو سوں کانہا پھٹا پکڑ کے لوں

شوق رنگ ایسی ڈھیٹھ مگر سے کھیلے کون ہوری
مکھ باندے اور ہاتھ مڑورے، کر کے وہ برجوری

मुखम्मस*

फ़लक[1] के हाथ से क्या-क्या मिरा दिल रंज सहता है
कि इक चश्मों का दरिया चश्म से दिन-रात बहता है
नहीं फ़ुर्सत ज़रा ग़म से इसी में ग़र्क रहता है
मगर ताईदे-हक़ पर[2] जब नज़र करता है कहता है
खुदा दारम चे गम दारम[3], खुदा दारम चे ग़म दोरम

बला से गर नहीं कोई रफ़ीक़ो-आशना[4] मेरा
खुदा पर ध्यान है मेरा निगहबां है खुदा मेरा
खुदा आसां करेगा गो है मुश्किल मुद्दआ[5] मेरा
खुदा हामी है मेरा और खुदा मुश्किल-कुशा[6] मेरा
खुदा दारम चे ग़म दारम, खुदा दारम चे ग़म दारम

नहीं ग़मख़्वार कोई कौन कर सकता है ग़मख़्वारी
तवक्क़ो[7] जिनसे यारी की थी वो करते हैं अय्यारी
खुदा से अपने मैं रखता हूं उमीदे-मददगारी
ज़बां है जब तलक मुंह में, ज़बां से है यही जारी
खुदा दारम चे ग़म दारम, खुदा दारम चे ग़म दारम

कोई मग़रूर अपने ज़ोर पर है कोई दौलत पर
कोई नाज़ां शिकोहो-शान पे[8] है, कोई हश्मत पर
'ज़फ़र' तकिया[9] किया मैंने फ़क़त उसकी इनायत पर
खुशी से मैं यही कहता हूं, राज़ी अपनी क़िस्मत पर
खुदा दारम चे गुम दारम, खुदा दारम चे ग़म दारम

---

* पांच पंक्तियों के बंद वाली कविता

1. आसमान (भाग्य) 2. सत्य के समर्थन पर 3. मैं खुदा वाला हूं फिर गम क्या ? 4. मित्र तथा परिचित 5. उद्देश्य 6. मुश्किल दूर करने वाला 7. आशा 8. ऐश्वर्य-वैभव पर 9. भरोसा

مخمس

فلک کے ہاتھ سے کیا کیا مرا دل رنج سہتا ہے
کہ اک چشموں کا دریا چشم سے دن رات بہتا ہے
نہیں فرصت ذرا غم سے اسی میں غرق رہتا ہے
مگر تائیدِ حق پر جب نظر کرتا ہے کہتا ہے
خدا دارم چہ غم دارم خدا دارم چہ غم دارم

بلا سے گر نہیں کوئی رفیق و آشنا میرا
خدا پر دھیان ہے میرا نگہباں ہے خدا میرا
خدا آساں کریگا گو ہے مشکل مدعا میرا
خدا حامی ہے میرا اور خدا مشکل کشا میرا
خدا دارم چہ غم دارم خدا دارم چہ غم دارم

نہیں غم خوار کوئی کون کر سکتا ہے غم خواری
توقع جن سے یاری کی تھی وہ کرتے ہیں عیاری
خدا سے اپنے میں رکھتا ہوں امیدِ مددگاری
زباں ہے جب تلک منہ میں زباں سے ہے یہی جاری
خدا دارم چہ غم دارم خدا دارم چہ غم دارم

کوئی مغرور اپنے زور پر ہے کوئی دولت پر
کوئی نازاں شکوہ و شان پہ ہے کوئی حشمت پر
'ظفر' تکیہ کیا میں نے فقط اس کی عنایت پر
خوشی سے میں یہی کہتا ہوں، راضی اپنے قسمت پر
خدا دارم چہ غم دارم خدا دارم چہ غم دارم

कुछ शे'र

दे रोज़ साक़िया मुझे दो - चार जामे - मै[1]
दो - चार रोज़ और है। मौसम बहार का
यासो - ग़मो - अलम[2], तपिशो - दाग़ो - रंजो - दर्द[3]
भाता है साथ मुझको इन्हीं तीन - चार का

०

देखे अज़ाब[4] सोजे - मोहब्बत में[5] इस क़दर
दिल से हमारे ख़ौफ़ - जहन्नुम निकल गया
फिर ख़्वाब में भी वो नज़र आया न ऐ ज़फ़र'
आंखों के सामने से जो आलम[6] निकल गया

०

ख़ाक उड़ानी थी उड़ाई हमने मिस्ले - गर्दो - बार[7]
न बुलंदी में उठाया कुछ न पस्ती में मज़ा
छोड़कर का'बे को जो आते हैं बुतखाने में[8] हम
ऐ 'ज़फ़र' आता है कुछ तो बुत - परस्ती में मज़ा

०

1. शराब के प्याले 2. निराशा, दुख और विषाद 3. वियोग-अग्नि, दुख के दाग, दुख व दर्द
4. कष्ट 5. प्रेमाग्नि में 6. समय, संसार 7. आंधी की तरह 8. मूर्तिशाला, मंदिर

کچھ شعر

دے روز ساقیا مجھے دو چار جامِ مئے
دو چار روز اور ہے موسم بہار کا
یاس و غم و الم تپش و داغ و رنج و درد
بھاتا ہے ساتھ مجھ کو انہی تین چار کا

○

دیکھے عذاب سوزِ محبت میں اس قدر
دل سے ہمارے خوفِ جہنم نکل گیا
پھر خواب میں بھی وہ نظر آیا نہ اے 'ظفر'
آنکھوں کے سامنے سے جو عالم نکل گیا

○

خاک اڑائی تھی ہم نے مثل گرد و باد
نہ بلندی میں اٹھایا کچھ نہ پستی میں مزا
چھوڑ کر کعبہ کو جو آتے ہیں بتخانے میں ہم
اے 'ظفر' آتا ہے کچھ تو بت پرستی میں مزا

यूं तो अफ़साना मिरा वो नहीं सुनता ऐ दिल
उस से ये क़िस्सा दमे ख़्वाब[1] कहे तो कह दूं

०

'ज़फ़र' खो आए दिल सी चीज़ अपनी बेखुदी में[2] हम
खुदा जाने कि किस को दी, किधर फैंकी, कहां छोड़ी

०

'ज़फ़र' क्या पूछता है राह मुझसे उसके मिलने की
इरादा हो अगर तेरा तो हर जानिब से रस्ता है

०

अपने मरने का गम नहीं लेकिन
हाय तुमसे जुदाई होती है

खूबी -ए - जौहर से[3] पाती है हर इक शै इम्तियाज़[4]
लाल भी पत्थर ही है लेकिन वो पत्थर और है

०

---

1. सपने या नींद में 2. बेसुरती में 3. गुण की विशेषता से 4. विभेद

○

یوں تو افسانہ مرا وہ نہیں سنتا اے دل
اس سے یہ قصہ دمِ خواب کہے تو کہہ دوں

○

'ظفر' کھوآئے دل سی چیز اپنے بے خودی میں ہم
خدا جانے کی کس کو دی، کدھر پھینکی کہاں چھوڑی

○

'ظفر' کیا پوچھتا ہے راہ مجھ سے اس کے ملنے کی
ارادہ ہو اگر تیرا تو ہر جانب سے رستہ ہے

○

اپنے مرنے کا غم نہیں لیکن
ہائے تم سے جدائی ہوتی ہے

○

خوبیٔ جوہر سے پاتی ہے ہر اک شئے امتیاز
لعل بھی پتھر ہی ہے لیکن وہ پتھر اور ہے

खुदपरस्ती[1] बुतपरस्ती से नहीं कम ऐ 'ज़फ़र'
जिस ने छोड़ी खुदपरस्ती बुतपरस्ती छोड़ दी

○

मुर्गे-दिल[2] मत रो यहां आंसू बहाना है मना
इस क़फ़स के[3] कैदियों को आबो-दाना[4] है मना

○

बला से ख़ाक हो जाएंगे जलकर सोज़िशे-गुम में[5]
मगर मुंह से न उफ़ हम गुमगुसारों में[6] निकालेंगे

○

हम कहां और कहां खाना - ए - रंगीने - जहां[7]
देख लें और कोई दम है तमाशा बाक़ी

○

दिल उन की जुल्फ़ से उलझा, के हम से इसलिए उलझे
ये क़िस्सा फ़िल-हक़ीक़त[8] ऐ 'ज़फ़र' यूं था सुना यूं है

○

1. अभिमान 2. हृदयरूपी पक्षी 3. पिंजरे के 4. अन्न-जल 5. गम की आग में 6. ग़म खाने वालों या हितैषियों में 7. रंगा-रंग संसार 8. वास्तव में

○

خود پرستی بت پرستی سے نہیں کم اے 'ظفر'
جس نے چھوڑی خود پرستی بت پرستی چھوڑ دی

○

مرغِ دل مت رو یہاں آنسو بہانا ہے منع
اس قفس کے قیدیوں کو آب و دانہ ہے منع

○

بلا سے خاک ہو جائیں گے جل کر سوزشِ غم میں
مگر منھ سے نہ اف ہم غم گساروں میں نکالیں گے

○

ہم کہاں اور کہاں خانۂ رنگینِ جہاں
دیکھ لیں اور کوئی دم ہے تماشہ باقی

○

دل ان کی زلف سے الجھا وہ ہم سے اس لئے الجھے
یہ قصہ فی الحقیقت اے 'ظفر' یوں تھا سنا یوں ہے

खाक का पुतला है इन्सां ऐ 'ज़फ़र' उसके लिए
सरकशी अच्छी नहीं है, खाकसारी चाहिए

०

चाहते हैं अब निशां अपना वो मिस्ले-नक्शे-पा[1]
जो कि मिट जाने को बैठे हैं, फ़ना की राह पर

०

ख्वाबे-अदम से[2] चौंके थे मुश्ताक़ हम तिरे
देखा न तुझको और इसी हसरत में सो गए

०

खुदा के वास्ते ज़ाहिद[3] उठा पर्दा न का'बे का
कहीं ऐसा न हो यां भी वही काफ़िर सनम निकले

०

दिले-बेताब को तस्कीं हो क्या क़ासिद की बातों से
न आए जब तलक उस यार की तीर का कागज़

०

---

1. पदचिह्न की तरह 2. अस्तित्व की नींद से 3. विरक्त, पारसा

○

خاک کا پتلا ہے انساں اے 'ظفر' اس کے لئے
سرکشی اچھی نہیں ہے خاکساری چاہیے

○

چاہتے ہیں اب نشاں اپنا وہ مثل نقش پا
جو کہ مٹ جانے کو بیٹھے ہیں فنا کی راہ پر

○

خوابِ عدم سے چونکے تھے مشتاق ہم ترے
دیکھا نہ تجھ کو اور اسی حسرت میں سو گئے

○

خدا کے واسطے زاہد اٹھا پردہ نہ کعبہ کا
کہیں ایسا نہ ہو یاں بھی وہی کافر صنم نکلے

○

دلِ بے تاب کو تسکیں ہو گیا قاصد کی باتوں سے
نہ آئے جب تلک اس یار کی تحریر کا کاغذ

लगे है जब किसी से लौ तो फिर ऐसी ही सूझे है
न पूछो ढेर क्यों जल कर हुए परवाने क्या सूझी

०

सब्र मुश्क़िल है न कर सब्र का दावा हरगिज़
इश्क़ में तुझ से 'ज़फ़र' ये कभी होने का नहीं

०

ये चमन यूं ही रहेगा और हज़ारों जानवर
अपनी-अपनी बोलियां सब बोलकर उड़ जाएंगे

०

•••

○

لگے ہے جب کسی سے لو تو پھر ایسی ہی سوجھے ہے
نہ پوچھو ڈھیر کیوں جل کر ہوئے پروانے کیا سوجھی

○

صبر مشکل ہے نہ کر صبر کا دعویٰ ہرگز
عشق میں تجھ سے 'ظفر' یہ کبھی ہونے کا نہیں

○

یہ چمن یوں ہی رہے گا اور ہزاروں جانور
اپنی اپنی بولیاں سب بول کر اڑ جائیں گے